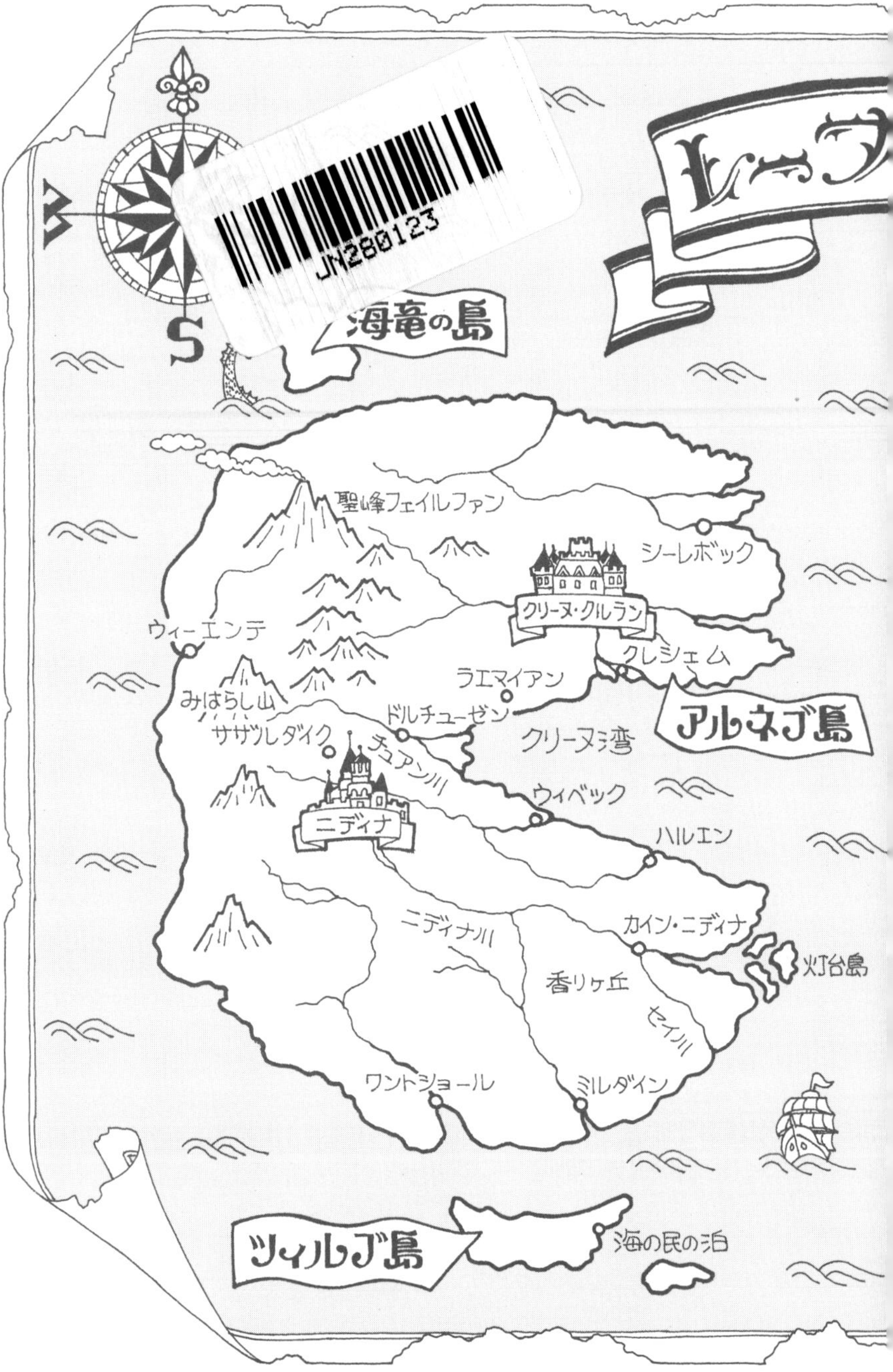

海竜の島
聖峰フェイルファン
シーレボック
クリーヌ・クルラン
ウィーエンテ
クレシェム
ラエマイアン
みはらし山
ドルチューゼン
アルネブ島
ササツレダイク
クリーヌ湾
チュアン川
ウィベック
ニディナ
ハルエン
ニディナ川
カイン・ニディナ
灯台島
香りヶ丘
セイ川
ワントショール
ミルダイン
ツィルブ島
海の民の泊

Green Fantasy

海鳴りの石Ⅲ上

——動乱の巻——

山口　華・作

君島美知子・絵

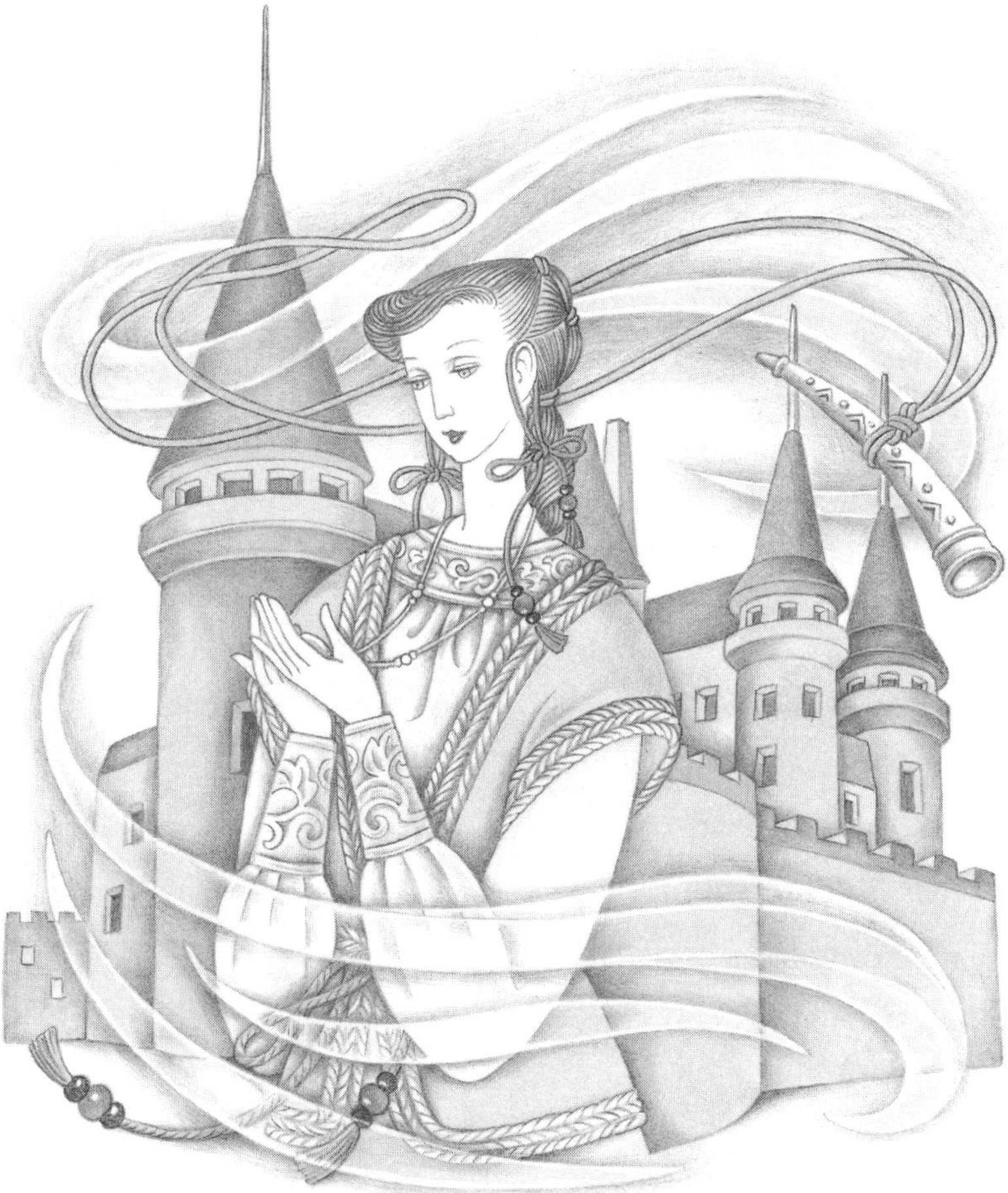

海鳴りの石Ⅲ上

── 動乱の巻 ──

●

もくじ

主な登場人物

ルウィン
十代王　長女
エオルン夫人

サティ・ウィン
十代王　次女

エオルン
（黒髪の民）
ウィルム大公

フェナフ・レッド
王の甥、世継《よつぎ》の君

サラン・サチム
もと幕僚武官

トリオーナ
クリンチャー伯夫人
エオルンの妹

ヴァスカ・
シワロフ
隠密、剣使い

クライヴァシアン
ヴァイラの叔父、
ニディナの実力者

ヴァイラ
（船乗りの民）
王の気に入り

リーズ
ウィルム家の
召使い

ジルカーン
薬草師、楽士

ヴィオルニア
ウィルム家の
女竜使い

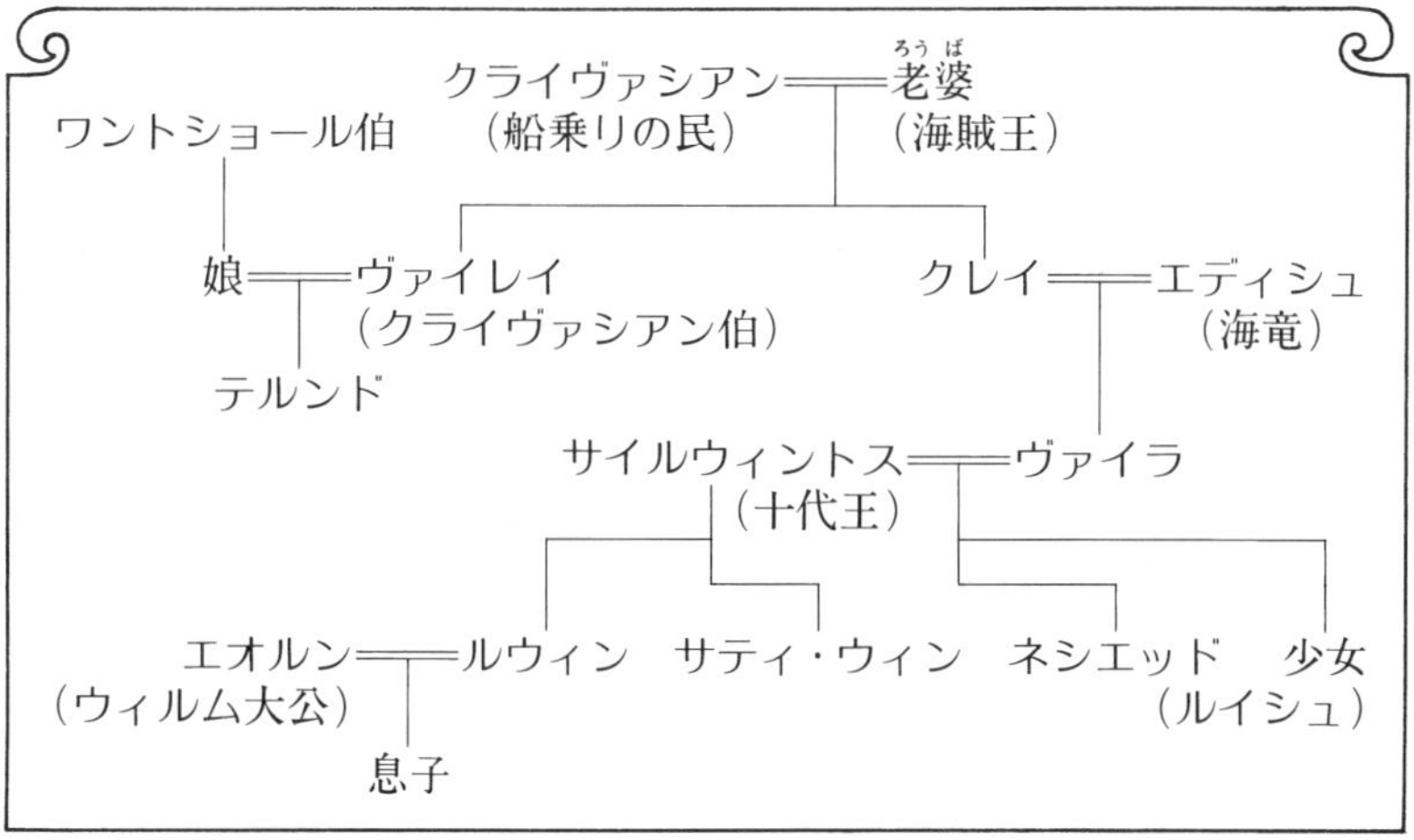

その他の登場人物

ネウィンド………………ミルダイン伯
クリンチャー伯…………近衛隊長
テルンド…………………クライヴァシアン伯の息子
カリュウス………………〈竜使い〉クナキスの息子
ソアグ……………………ウィルム家の馬屋番
バズ、フォディ…………黒髪の民の若者と、連れの狼
マロウィ、リールケ……ヴァスカの仲間
ワンティプル老…………カイン・ニディナの豪商
デイオン…………………ワントショールの昔の領主の末裔《まつえい》

デール・パイノフ………〈黒衣の君〉、侵略時代の英雄
サン・サティエス………〈輝く星姫〉、デール・パイノフの恋人
ロルセラウィン…………サン・サティエスとデール・パイノフの娘
レイスドゥイン…………ロルセラウィンの娘

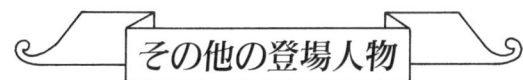

——これまでのあらすじ——

クルラン王朝暦	312年	海賊王たち、アルネブに攻め寄せる。(侵略時代の始まり)
	327年	三つの〈ひびき石〉が〈雄牛の打鐘〉から取りだされ、三人の〈歌姫〉に託される。
	328年	〈黒衣の君《デール・バイノフ》〉と〈輝く星姫《サン・サティエス》〉の娘ロルセラウィン誕生。海賊王サザ、〈海鳴りの石〉を奪う。
	330年	サザ、黒衣の君に討たれる。聖峰フェイルファンの大噴火。王の一行、聖峰から帰らず。(この後40年余り空位時代)
漂着の王家の暦	1年	〈漂着の王家〉率いる北方人がアルネブに上陸、海賊王を駆逐する。(ニディン王朝の始まり)
	126年	初代ウィルム大公ら黒髪の民、ミルザム島に入植。
	264年	第七代ウィルム大公・シャトーレイ公・テリースら、フェイルファンの探索へ。
	273年	北の大陸でフェナフ・レッド誕生。
	293年	フェナフ・レッド、レープスに来る。
	294年	フェナフ・レッド、サティ・ウィン王女に結婚申し込み。隣国コルピパで内乱。ヴァイラの出産。ハイオルンとの不和が深刻化。クライヴァシアン伯の台頭。 下《しも》の角笛月　フェナフ・レッド、コルピパで暴徒に襲われるが逃れる。サザルダイクの〈森屋敷〉炎上。リファインが海鳴りの石をフェナフ・レッドに託す。
	295年	客人レッド、〈花咲谷《メイチェム》〉村に滞在。村は私兵隊に襲われ、レッドは〈暗き森《デューン・ムウ》〉へ逃れ、聖峰や〈廃市〉へ旅する。ウィルム老大公、廃市で海竜に襲われ死す。 レッド、クリーヌ・クルランでエオルン・ウィルムに再会。 上《かみ》の歌(花)月　花祭の宵にレッドはニディナ城に潜入し、サティ・ウィンと踊る。海鳴りの石を狙うヴァイラに、レッドは石を投げつけて呪う。レッド、サティ・ウィンに別れを告げ、城を出る。

……この物語は、ここから始まります……

プロローグ

ラジオから流れていた歌が終わった。一瞬の静けさの後、ＤＪの陽気なおしゃべりが、曲の余韻を踏みにじって切りこんでくる。

フェナフ・レッドは顔を上げた。長いことつっぷしていたのか、腕がしびれている。ひじの下に敷いていた原稿の最終ページに点々と散っているものがあった。鮮やかな赤。左手から血が出ている。

紙束の横には〝親父〟の万年筆が、使いこまれた愛用品らしく卓上ライトを受けて滑らかに光っていた。急に心をひかれ、手にとってみると、指の一本一本にしっくりなじむ。これでかわりに物語を書き進めたらどうなるだろう…そんなことを思いながらフェナフ・レッドは、半分以上白い最終ページを見た。何も為《な》せぬまま自分の世界を後にしてきたことが悔やまれた。

原稿をめくると、彼の身がわりが〈海鳴りの石〉をヴァイラ・クライヴァシアンに投げつける場面が現れた。

（石を…手離したか）

その肝心の宝の石は、ヴァイラの魔力をうち砕いた後、いったいどこへ行ったのだろう。

ポトリ、血がまた紙に落ちて、フェナフ・レッドの思いを破った。左手に傷とは、伝説の〈黒衣《デール・》の君《パイノフ》〉と同じだ。彼を真似て白い手袋でもはめようか…。

立って部屋を出ると、ラジオの音は遠のいて薄闇が彼を包んだ。階下のキッチンで、引きだしにあった包帯を傷に巻く。ふと気がつくと、外の夜からザザーン、ザザザ…という波の音が聞こえた。荒れ果てた砂浜や埋ずもれた廃墟の風景を思い出させる音。

（海か…。僕は海へ来ていたのだっけ）――

白みかかった夜明けの空を見つめながら、僕は馬を走らせていた。祭の後の快い眠りに浸る街道を、蹄《ひづめ》の音も高く駆けぬけてゆく。普段なら人目や兵士の見回りのある辻々も、このひとときだけは別だ。右手の湖は満々と水をたたえてゆるやかに朝の方へ流れ、釣り舟が岸辺に憩っている。この湖水の向こうにウィルム大公の南邸があるのだが、エオルン夫妻はおそらくそこへは戻らずに、今頃は船で川を下っているだろう。「脱出したらカイン・ニディナに来いとレッドにも言ってある」とエオルンは話していた。そうでなくても、今は早く城から遠ざかるべきだ。

日の出と同時に、孤独な逃亡者の僕は谷の東端に着き、朝一番の乗合船に乗った。どうやら追っ手はまだかかっていないようだ。バザヴェンの俊足に感謝してこの大きな馬の乗せ賃を払い、甲板の座席にもたれる。ドッと疲れが襲ってきて目をあけていられない。

様々なことが頭に浮かんだが、海鳴りの石やヴァイラよりも、なぜか気になるのは殺し屋ヴァスカ・シワロフのことだった。クライヴァシアン伯が「賊を捕えろ」と命じた時、彼は静観していた。フェナフ・レッドの手に海鳴りの石を見たからか？　後で切りつけてきた時も、手をかすめただけだった…

（やつらは〈天の石〉やロルセラウィン姫――黒衣の君と〈輝く星姫《サン・サティエス》〉の娘――に関わっていて、シャトーレイ公やウィルム大公に恨みを抱いている。ハイオルン人てことは、ロルセラウィンの恋人テリースにゆかりの者たちなんだろう。それにしても…）

いつの間にか僕は眠りこみ、原稿を読んでいるフェナフ・レッドの夢を見た。主人公の座をまた僕に取られて、彼はくやしがっているだろうか。あるいは聖峰フェイルファンや〈廃市〉での不思議な体験を、読んで思い出したろうか。包帯も痛々しい左手で紙をくる彼はしかし、ポーカー・フェイスを崩さない。完璧で時に冷たく、恨むことも悲しむことも知らぬかのような英雄の横顔――

目覚めた時、船はすでに峡谷をぬけ、開けた景色の中を進んでいた。薄曇りの空に遠い丘の輪郭がぼやけている。〈香りケ丘〉。僕は昔、屋形船の中で弟のリファインに教わった名をつぶやいてみた。今は百姓や町人を乗せた重たげな船で、麦粥《むぎがゆ》とカチカチの干し魚を昼食に旅していくのだ。

とりあえずニディナの奥座敷から逃げだせたので、僕はホッとしていた。だが夕方、小さな船着き場にとまった時、荷揚げの男たちがガヤガヤ声高にしゃべっているのに気がついた。人目にたちたくなかったが、僕は一人の男の袖を引いて何事かと尋ねた。

「悪い噂、イヤな報《しら》せだよ」

男は首を振って答えた。

「クルマイシェー伯の私兵隊がカイン・ニディナへ向かうそうな。町じゃ大騒ぎだと。危ないことが始まるんじゃないかって、皆心配してる」

クルマイシェー伯とは、シャトーレイ公の後任として先頃カイン・ニディナの総督になった人物だった。没落貴族がクライヴァシアンの肝いりで再興したのだそうだ。

「総督とはいえ、自由都市に兵を入れようたァひどい話だ」

周囲でそんな囁《ささや》きがかわされていた。

「町の自警団は西門を閉ざして追い返すつもりらしい」

「そんなことしてみろ、血が流れる」

「沖の灯台島にゃハイオルンの軍船が来るっちゅうし、この先どうなることやら」

カイン・ニディナはレープス最大の自治都市で、ギルド代表の〈十二人会〉が町を取りしきっていた。侵略時代よりこの方どんな領主もいただかず、市民の自警団の許可なしには武装した兵隊は町に入れない。二十年前、交易の便をはかり税を減ずるかわりにシャトーレイ自由公が初めて総督となったが、その地位は名目上のもので、公が町を訪れてもお客としてもてなされるだけだった。

それを、新総督は私兵隊を常駐させ総督府を開いて町の自治権を制限しようというのだ。頻発《ひんぱつ》するハイオルン商人排斥や暴動騒ぎの震源地がカイン・ニディナだ、とクライヴァシアン伯がにらんでいるためらしい。

…僕は迷った。カイン・ニディナはもうすぐそこ、今夜には着く。だが検問やごたごたで素性がばれてはまずいし、足どめをくううちに追っ手が来ぬとも限らない。それに…、本当の理由は、ここまで来て急にエオルンたちと合流するのに気が進まなくなったのだ。

結局、僕は船を下り、近くの安宿に泊まった。

その夜の夢では、フェナフ・レッドが原稿から顔を上げ、耳を澄ましている姿がチラと見えた。どうしたんだろう。何か聞こえる？　遠くから響く悲しげな銅鑼《どら》のように、あれは犬のほえ声…ワウ、ワウ、ワウン、ワウン、ワウン…ゴッド・ファーザーだ！——

翌日、道中かじる固《かた》パンを買い、仰々しい黒マントを古着屋で売り払ってから僕は出発した。初めてこの国に来た時と比べてずいぶん物慣れしたものだ。そんな自分に空しい満足を覚えつつ、行く先も決めずに埃《ほこり》っぽい道を北へたどって行く。

やがて〈海賊道〉と呼ばれる侵略時代の街道に出た。共同井戸の水でパンを胃に流しこんでいると、近くで休む行商人たちの話し声が空の天蓋《てんがい》に反響するほど静かだ。彼らの話題もカイン・ニディナの不穏の噂——またか。僕は人を避けたくなって街道をそれ、東へ向きを変えた。春撒き麦のやわらかな緑が連なり、やせ牛たちは尻尾を振りふり草を食む。僕はぼんやり景色を見つめ、馬上で溜息をついた。どこへ行くあてもない。逃亡者の恐怖も薄れた。そもそもクライヴァシアンは、もう僕など捜そうとしないかもしれない。

明るい日ざしの下、今や名乗るべき名も、するべき仕事もないからっぽの気分だった。なぜこの世界にまた足を踏みいれてしまったんだろう。今回は別に頼まれもしないのに。胸にかすかな誓いの重みはなく、もちろん宝の石もない。あの石はどうなったのか。ヴァイラ、そしてヴァスカ・シワロフは…いや、もう関係ない。宝の石だろうとクルマイシェーの私兵だろうと、川の流れもそよぐ若麦さえも、僕とは何のつながりもない。

（今頃エオルンはカイン・ニディナで僕を待っているだろうか。いや、騒ぎを避けてとっくに船を出したかな。いいんだ。城で派手に立ち回った以上、エオルンのもとへ身を寄せるのは危険だし迷惑だ。それに…）

それに、こうして過去にきっぱり別れを告げてきた身にとって、今さらエオルンやルウィンと顔を合わせると思うと、それ自体が苦痛だった。〈星姫の木立ち〉でようやく抑えた思いは、永久に封じておかねばならない。

日が暮れると、僕は手近な無人の干し草小屋にもぐりこみ、眠りに落ちた。

翌日も僕はだらだらと旅を続けた。石垣に野イチゴ、道端には実をつけたアンズの木。のんびり頬《ほお》ばりながら行くにはいい季節だ。

変わりばえのしない道のりにようやく飽きてきた夕方、雑草のはみ出た石畳を踏んで、なだらかな坂にさしかかった。西日が影を前方に長くのばしている。突然、それまで続いた田舎景色がおしまいになって、さあっと風が渡り、何かの匂いを運んできた。何なのか最初は分からず、僕は不思議に思いながら手綱を引いて辺りを見回した。白っぽい道は急な上りとなって、どうやら崖の上へ続くらしい。

僕はそこを上りつめ、肩まである髪を風に揺すられながら馬を下りた。わずかに草の生えた崖の突端に、風雨にさらされた感じの石の小屋がある。船乗りの民の社らしく、入り口の上に〈潮《うしお》の女〉を表す西方文字が刻まれていた。それを見て僕は思い当たった。ここはヴァイラが祈りや術に使っていたあの場所じゃないか。今は人けない建物の側まで行って、崖ふちから見渡すと、藍《あい》色をした海が、そこに長々と横たわっていた。

僕の心を覆うヴェールを破り、横一文字に広がった海。胸をつきぬかれたような気がして、思わず深い吐息をついた。

(海か。…僕は海へ来ていたのか)

波の生みだす白い水泡《みなわ》がいちめんにまだら模様を作り、輝いてまぶしい。真下には狭い砂浜が黒い崖に囲まれていた。波が規則正しく寄せては引いて、ぬれた砂は色濃く海をふちどっている。

僕は社の門に馬をつなぎ、少し捜して崖を下る道を見つけた。ほどなく砂の上におり立つ。目の前で、海が叫んでいた。藍色のうねりがザザーッ、ドドーッと打ち寄せ、力つきてくずおれ、また立ちあがり、やって来ては倒れる。風がさあっと吹きぬけて、影になった砂地はひんやりした。僕は波打ち際まで行ってみた。海は、僕の中でだんだん広がってゆく気がする。波が泡だちながら足もとまで寄せてきて、いたわるように靴をぬらした。

海を見つめていると、なぜだかひどくなつかしい。海はずっしり黒光りするスクリーンで、波頭の皺《しわ》が幾筋もついている…

見よ！　大洋《おおわだ》に島ぞありける
うたう潮《うしお》に　洗われて
今も変わらず　緑は生《お》いる

この島は〈楽の音満つる緑の島《レープスム・チェイルチム》〉と名づけられた。海賊王たちは〈波洗う陸《ヴァイラー・アルネブ》〉と呼んだという。

古い歌や神官たちに教わった故事を思い出しながら、僕は生き物のようにうねる波を眺めた。

ザザーン、ザザザー…ン、海は底力のある音楽を奏でている。日が傾いて手前の方は暗くなったが、水平線は金色だ。美しいなあ、と僕は思った。すると、急に涙がこみあげてきた。海は僕の胸をザザーン、ザザザ…と揺すり続け、固く閉ざされていた扉をうち破った。僕は目をつぶって泣くまいとした。けれども海は閉じたまぶたの内側にはっきりと浮かび、虹色に光りながら様々な思いを押し出し、押し流し、解き放った。風がさあっと吹きぬけると、涙が一粒、乾いた頬《ほお》を伝って流れた。そしてまた一粒、一粒…。涙は連なり、足もとを浸している海へ一粒ずつ落ちた。

ごつごつした岩と白い砂に囲まれて海鳴りを聞いていると、生まれてくる前、母の胎内で暖かく眠っていた頃はこんなではなかったかと思えてくるのだった。そしてその時から今までの出来事が、心の奥底から次々と流れでてきた。

…サティ・ウィン。はっとして僕は目をあけた。いけない。これだけはしまっておかなければ。僕は頭を振り、固く口を結んだ。だが、考えまいとしても無駄だった。サティ・ウィンは消えない…それどころか、波が寄せるたび引くたび、逃げようとすればするほど、鮮やかなほほ笑みとともに彼女は追いかけてくる。踊りのステップを踏み、くるくると回りながら、どこまでも。

そこで僕は波打ち際に背を向けて目をつぶった。けれど背後に回った海は、ザザーン、ドドーンといよいよ激しく歌いながらせまってきた。サティ・ウィンじゃないか、お前の愛した星姫じゃないか。言いたいのはそのことだろう？　呼びかけたいのは彼女だろう？——いやだめだ。もう二度と彼女には会わないのだから。——めぐる潮、小島を洗う波よりも、愛しきは汝《な》が星姫。そうだろう？——違う、もう違うんだ。——違わない。——違う…違うんだ…

…海はいっそう暮れなずみ、やがて彼方の光も消えた。風も凪《な》いで、辺りは次第に静まり返る。僕はゆっくりと足を運び、崖の上に戻った。岩に座ってじっと海を見つめ直すと、少し気持ちがおさまって涙も乾いた。

僕はなお長いこと海を見ていた。

1　カイン・ニディナ包囲

道に沿って人家がまばらに現れたが、どれも灯りがともっておらず真っ暗だった。やせ犬が路地をうろつき、菜園の堆肥《たいひ》には熊手が突き立ったままで、道の轍《わだち》も新しい。暮らしのしるしはあるのに肝心の村人は一人も見当たらないのだ。

ニディナを出て三日めの夕暮れだった。一日海辺を歩いた後なので、潮の香が体の隅々まで広がり、心を満たしている。僕はようやく海に別れを告げ、食事と宿を請おうとやって来たのだが、それどころではなさそうだ。四つ辻で馬を下り、数軒の店屋を覗いてみても、暗くて物音一つしない。途方にくれて僕は溜息をついた。

（いくら寂しい村といったってこれはひどい。誰も住んでないのか？）

仕方なくまた馬にまたがろうとしたところへ、急に物陰から男が一人とびだした。バッタリ顔をつき合わせ、双方ともびっくりして立ちどまる。

「誰だ、まだ残ってたのは？」

ざっくばらんな、それでいて鋭い声が言った。革の胴着とズボン、ベルトに吊るした猟刀。キラキラ光る黒い目が、垂れかかる前髪の間からのぞいている。

僕はすぐに分かった。

「バズじゃないか！」

嬉しい遭遇だった。〈花咲谷《メイチェム》〉村で活躍したこの男に、僕は好感を抱いていたのだ。

バズの方も僕を認め、

「いようレッド。おかしな所で会うもんだな。達者だったか、あれからどうしてた？」

〈暗き森《デューン・ムウ》〉であんな別れ方をしたとは思えぬ気軽さで言った。

「ああ、…まあ色々とあってね」

「ここで何してるんだ、えりにえってこんな晩に？」

バズは上機嫌だったが、暗がりでキラリと眼光が鋭くなった。

「宿捜しだよ。行き暮れて…。こんな晩って、何かあったのか？　この村、誰もいないのかい？」

「あんた何も知らんのかよ。じきここにゃハイオルン兵がやって来る。逃げるにこしたこたァねぇぜ」

「ハイオルン兵？」

「そうさ。本当に知らねぇのか？」

知る知らぬより彼は、僕の態度や物言いが以前とは微妙に違うと察知して、いぶかしがっているようだ。仕方あるまい、僕は真の王子サマの威厳や気品は持ちあわせていない。バズは体を傾けて僕をはすに見、

「…ハイオルンの斥候に鞍がえしたんじゃねぇだろうな」

自分こそハイオルン訛《なま》りのくせにそう言った。

「まさか。ハイオルン兵というと、灯台島に来るとか…」

「もう来てる。だがカイン・ニディナがやつらを入れねぇもんで、かわりにこの辺に小舟を漕ぎ寄せちゃぁ、あちこちで略奪だ。…とにかく来いよ。ここは危ない。その馬、なかなか立派じゃねぇか」

「昨日から雑草しか食べさせてないけど、僕よりはましだ」

「カイン・ニディナまで来れば飼葉をたっぷりやれるさ。あんたはこれでも食ってちょぃと待っててくれ。ひとっ走りこの辺を見てくるから」

ふところから出した袋を僕の手に押しつけ、言い終えぬうちに彼は闇に消えていた。

バズがくれたのは、「星粒糖」と呼ばれる七色の砂糖菓子だった。歯にしみる甘さをかみしめながら、僕はホッとした。結局カイン・ニディナに行くことになったが、路頭に迷わずにすみそうだ。

だがハイオルン兵が襲ってくるとは。昼間見た海にはハイオルン船の影さえなかったのに…、などと思ううち、早くもバズが戻ってきた。そして彼の後ろから、夜の一部のように黒い体を躍らせて大きな獣がとびはねてきた。

僕はギョッとしたが、ここでボロを出してはなるまじと、何とか自制して言った。

「やあ、フォディ。また君らに世話をかけるようだね」

馬のバザヴェンは、バズと狼が近づくと落ち着きをなくしてブルブル鼻を鳴らした。

「やつらの舟が近づいてきた。浜でフォディが見張ってたのさ。行こう」

「浜って、もしかして社のある辺りかい。僕は昨夜《ゆうべ》そこで寝たんだが」

「岬のあばら家のことか？　船乗りの民が時々焼菓子を供えて祈ったりしてる…」

「今朝カビっぽいそのお菓子を失敬してから、何も食べてなかったんだ」

これを聞いてバズはひょいと肩をすくめたが何も言わなかった。かわって、

「ハイオルン兵が来たのはもっと南だよ。今夜はますます増えたみたい」

狼がパタリと尾を振り（それだけで僕はドキッとした）、張りのある少女の声がテレパシーとなって聞こえてきた。

バザヴェンに男二人が乗れるだろうかと心配になったが、バズは片手を振った。

「俺は馬には向かねぇんだ。大丈夫、足は速いぜ」

速いといっても馬に比べれば、と僕は思ったが、じきに誇張でないと分かった。バズは音もたてず、速足で進むバザヴェンのすぐ後をついて来る。狼が先頭に立ち、小さな村をぬけて僕らは急いだ。

貧弱な野菜畑がいびつに並ぶ、岩がちで起伏の多い土地だった。左手に屋根や塀の黒いシルエットがあって、それは昨晩襲われた集落だという。欠け始めた月が出ると、畑が踏み荒らされ、荷車がひっくり返ったり藁《わら》束がばらまかれたりしているのが分かる。フォディの声がした。

「やつら海賊ごっこのつもりなんだ。いまいましいね」

月明かりの道はうねうねと続く。規則正しいバザヴェンの足音と鼻息、前を行くフォディの上下に動く尾。急にフェナフ・レッドの記憶が甦《よみがえ》って、黒い森をひたすら歩む錯覚にとらわれた。どこを目ざして行くのだろう？　そう、カイン・ニディナだっけ。けれど海を見る前、空しくさまよった時とは違う。僕の中で世継《よつぎ》の君は遠ざかり、かわってメイチェム村の居候《いそうろう》レッドが生々しく思い出された。呪われた石の重みを気にしながらも、村人たちと同じ鍋のシチューを食べ、一緒に働き狩をし、肩を並べて戦った〝客人レッド〟。初めて僕は彼の心に触れた気がした。

倒れた柵やうずくまるような廃屋が左右をよぎる。一度、道の曲がりめで後ろがちらりと見え、その一瞬フォディそっくりの大きな狼が月光を浴びて軽々と走っているような気がした。ぞっと背筋がこわばって思わずふり返ったが、

「じき村の連中に追いつくさ」

たてがみのような黒髪を背に散らしたバズがちゃんといて、息の切れた様子もなく、馬の尻の横からそう言った。

集落が途切れた頃、不意にフォディが鼻面を上に向けた。

「きな臭い。燃えてるよ」

馬上でふり向くと、夜空をかすかに赤く染めて、数刻前、後にしてきた村に火の手が上がっているのだった。これにには身ぶるいした。火はどうしてもサザルダイクを、そして世継の君の苦悩を思い

出させる。

家畜とともに歩む人の列の最後尾に追いついたのは、そのすぐ後だった。逃げ遅れた者がいないか確かめに行ったバズが戻ったので、皆はホッとした顔だ。だが荷車の上の長持に腰かけた老婆《ろうば》は、村の方角に赤黒い光と煙を見つめ、

「ひどいことするよ」

とつぶやいて頭を振った。

通りかかった旅人だ、と僕が自己紹介すると、幾人かが、ハイオルン兵が突然襲ってきた一昨日の話をしてくれた。

「ありゃあ昔語りの海賊王どもそっくりじゃ。頭の毛が黒いだけでな。あれよという間に浜に上がってきたんじゃ」

「うちへドカドカ入りこんで鍋はひっくり返す、炉の熾火《おき》は蹴ちらす。花祭の料理や酒を横取りして宴会を始めよって、もう…」

「乱暴をやめさせようとした男衆が何人も斬り殺された。やつら恐ろしくでかい剣を、葦《あし》を刈るように振り回してね」

行列の中には黒い喪の頭巾をつけた姿もある。

ハイオルン兵は朝には灯台島へ引きあげたが、翌晩またやって来た。三日め、村人たちが恐れお

ののいているところへバズたち数人が来て、「カイン・ニディナは難儀している者を防壁内に受けいれる用意がある」という〈十二人会〉の意向を伝えた。そこで皆はまとまって村を出てきたというわけだ。

「でも領主…いや殿さまは、このことを知っているんだろう?」

僕は尋ねた。すると荷車の上の年寄りが肩口をすぼめ、

「殿さんはこんな端っこの村のことなぞ、気にかけちゃくれん」

「いったい誰…何という殿さまだ?」

「南館のフィオナルトさまじゃ」

フィオナルト。覚えのある名だ。コルピパに同行したあのフィオナルトの一族だろう。

「レッド、紹介するぜ。『颪』を刷ってる〈テルフィオームの自由の民〉の一人、剛力《ごうりき》グロッシーだ」

バズが筋骨たくましい大男を連れて列の前方からやって来た。頑丈そうな馬にまたがり、太いベルトに斧をはさんでいる。見るとその大きな刃には彫刻した青銅《グロス》のカバーがかぶせてあり、月明かりに鈍く光っていた。

「本名はムーシェー、生粋《きっすい》の北方人なんだがなぁ、誰もそう呼んじゃくれん、ハッハッハ」

陽気な口調で男は茶色の巻毛頭を掻いた。顎《あご》の方にも、黒髪の民顔負けのモジャモジャ鬚《ひげ》がある。

「僕はレッド。メイチェム村でバズと知りあった者です」

「なるほど、よろしく」

グロッシーは鬚をくるりとなでて僕を見つめた。小皺《こじわ》に細められたその目は穏やかで、信頼がおけそうだ。

その時、列の先頭の方から、

「防壁が見えたぞう」

と声があがった。村人たちの顔が安堵《あんど》でなごむ。

「後でゆっくり話そう。といっても、カイン・ニディナでもじき戦《いくさ》かもしれんがなぁ」

冗談めかした笑いを残して、剛力グロッシーは前方へ馬を急がせていった。

「今度ばかりは自由都市も危ねぇかもしれん」

後を見送ったバズが言った。

「陸からクルマイシェーの私兵、海からはハイオルンだ。十二人会のおえら方も弱気になってきてる。村の連中を避難させるのだって、グロッシーが口をすっぱくして説得しなけりゃならなかった」

「…で、戦なのか」

「分からん。だがもし町に兵隊が入ってきたら、〈自由の民〉だの俺みたいな半端者は、このままじゃいられねぇだろうな」

そうは言うものの、バズの口調から危機感はさほど伝わってこない。ハイオルン人のようなアクセントだが、間諜《かんちょう》にも見えず、たまたま今は自由の民と一緒に行動しているという感じだ。メイチェム村の時もそうだった、と僕は思い返した。彼のような人間はきっと、くよくよ先の心配などしないのだ。むしろ次に何が起こるか分からない、そのスリルを楽しんでいる。

やがて、河口の湿地帯に設けられた灰色の防壁が見えてきた。何世代も維持され、補強されてきたのだろう、どっしりして、飾りけはないが安心できる、ちょうどさっきの剛力グロッシーのように頼もしい感じだ。

僕は新しい感慨を持って陰気な夜の低地に立つ壁を眺めた。世継の君の記憶も聖峰フェイルファンや〈廃市〉での体験も、確かに僕の中にある。けれどそれらが今、何の役に立つだろう。石はすでにない。呪いを逆手にとって復讐を遂げる機会も、城から姫君をさらう機会も、僕は捨ててきた。この上はただのレッドとして得た仲間や村人たちとともに、彼らの一人としてカイン・ニディナへ行こう。そして一人分のできることを、僕はやろう。

防壁には見張りの灯りが点々とともり、四角い門からざわめきが聞こえる。避難民たちが町へ入り始めたのだ。それを見ながらバズが気楽な調子で言った。

「俺もアルネブはあちこち行ったが、他の島はまだだからな。ここがやばくなったら、ミルザムかニハルへでも行ってみるか」

——ゴッド・ファーザーのほえ声は短く切迫した調子で、いつもの寝ぼけ声とは違っていた。フェナフ・レッドが扉をあけると、せわしく彼の膝にとびかかっては後ろへ下がり、またとびついては下がり、ピストンのように跳ねている。その間もほえ続け、大きな灰色の目で訴えるようにフェナフ・レッドを見上げた。

エミーに何かあったのか？　僕は——いや、フェナフ・レッドは、全身が汗ばむのを覚え、家をとび出した。岬の向こう、奇岩や洞窟のある観光名所。彼女はそこへチビ助と、多分ゴッド・ファーザーも連れて出かけたのだ。その後、「洞窟探検の肝だめしをする」と電話があったのが確か八時頃。もう夜ふけなのに、犬だけ帰ってくるとはおかしい。

門の横手にとめてある車の所へ行くと、細かい砂混じりの風がカバーをばたばたとあおった。潮が満ちてくるのか、波はおどすような音で浜に打ちつけている。

「ゴッド・ファーザー！　行くぞ」

するとスパニエル犬は何かをくわえあげて走ってき、助手席にとび乗った。それを下に置いて、ウワン、ワン、ワンと再び非常ベルさながらの大音声、フロントガラスも割れんばかり。

フェナフ・レッドはエンジンをかけ、ゴッド・ファーザーが拾ってきた物をチラと見てから発進させた。犬の前足の間にあるのは〝親父〟の特大万年筆だった。彼がつい持ちだして、玄関で落としていたらしい――

僕が目を覚ました時、カイン・ニディナは晴れた遅い朝で、桟橋の方から急を告げる打鐘《うちがね》が、短く切迫した調子で響いてきた。一夜を過ごした倉庫の隅から出てきてみると、人々が不安げに言葉をかわしながら海の方を指さしている。騒ぎのもとは、沖からゆっくりと港へ入ってきつつある一隻の船だった。

「ハイオルン船だ」

「ハイオルンの戦船だ」

ここでもハイオルンと聞いて、避難してきた村人たちは半ばあきらめの面もちだ。

一角獣の旗を翻すその勇姿は、確かに軍船らしい。横腹から大砲と思われる筒形の物が左右二つずつ突き出ている。今までこの世界で大砲を見たり読んだりしたことがあったかしら、と僕は頭をひねった。もちろんレープスの船にそんな物はない。そもそも軍団は外洋船を一隻も持っていないのだから。コルピパ出兵の時も、クライヴァシアン伯を始め商人や貴族が船を提供したのだ。

(コ・ル・ピ・パ…そうだ、思い出した。コルピパ行きの僕の船を追ってきたやつら…あの先頭の船がこんな形だった。砲身もついていたような気がするぞ)

あれは確かヴァスカ・シワロフの船だったはず、ムンクス・ミルダインが「まるでハイオルンの戦船のようだ」と言っていた。あの時は実際に砲撃はされなかったが…。

倉庫街の食堂のおかみさんが、朝食を出すからと言って呼びにきた。僕も皆に混じってついて行き、海草スープとパンにありついた。あけ放した店の窓からは桟橋や海、それに外港に停泊したハイオルン船がよく見える。港の男たちが大勢集まって、落ち着きなく船を眺めていた。

食べ終える頃、海とは反対側の裏口がギイッときしんで、入ってきたのはバズだった。昨夜は町へ着くなり忙しげに姿を消していたのだ。彼は狼のフォディを従え、ひとわたり食堂を見回して、

「ちゃんとメシにありついたんだな」

と言うと、後ろを手招きして良家の召使いらしいこざっぱりした男を呼び入れた。

「みんなのことはワンティプルって、町でも金持ちの商船屋に剛力グロッシーが頼んだから、安心してくれ。この男がワンティプル老の使いで、もうちょいとくつろげる所へこれから案内するとさ」

一人の女が心配そうに海の方を指して何か尋ねた。使いの男は、

「十二人会は夜通し議論しているようですよ」

とだけ答え、続けて、もとハイオルン商館だった建物を皆に提供する、と説明した。

「母屋は今は無人で、倉の焼け跡は広い空き地です。そこへ荷車なんかを置けますね。塀があるので家畜も大丈夫…」

「お、レッド、いたな」

バズが僕を見つけて側に来た。彼は使いの男の話に肩をすくめ、

「誰が倉に火をつけたと思う？　十二人会第二席、ウェローパ商会の若い衆だぜ。住んでたハイオルン商人たちは身ぐるみはがれて町を追いだされた。下《しも》のせせらぎ月の終わり頃だったかな」

それから少し声を落として、

「それはそうと、あんたのあのご立派な馬な、手離したくなきゃ気をつけた方がいいぜ」

「何？」

「あのワンティプルの使い、馬の目ききなんだ。さっきあんたの馬を、ほら倉庫の裏につないでたろ、それをじろじろ見たあげく、誰のだと俺に訊いてきた。ピンときたぜ。ワンティプルの当主ってのもめっぽう商売上手で、気に入った馬は必ず手に入れるらしい」

「そりゃ困ったな。あれは売れないよ」

「俺の宿を教えようか。ボロい所だが、馬屋の男はちゃんと預かってくれる。フォディに案内させるよ」

そこで僕はバズや皆と別れ、一足先に食堂を出た。バザヴェンは薄暗い路地で不満げに前足で土を掻いていた。僕はパンの残りをやり、手綱をとってフォディの後に続いた。

倉庫街はしばらく行くと途切れ、町なかに出る。カイン・ニディナはニディナ川の河口に広がっ

ており、その中心は中洲をそっくり占める、大ギルド館という建物だった。

僕らは岸辺の広い道を進みながら、砦のようにいかめしい大ギルド館を眺めた。十二人会の話しあいはあそこで行われているらしい。両岸からは頑丈な橋が架け渡され、外洋船はそれに阻まれて川上へ行けない仕組みになっている。上部だけでなく、土台の巨大な石組みが、水門つきの堰《せき》として流れを横断しているのだ。侵略時代、海賊王の船を防ぐために造られたそうだが、今ではもっぱら通行税を取る関所として役立っていた。

中洲の石の桟橋には二、三隻の船が停泊していた。けれど荷の積みおろしや出船、入船の賑《にぎ》わいはなく、人々はその辺でかたまったりぶらついたりしながら、何かを待っている様子だった。

「昨日《きのう》またハイオルン兵が町へ入れろと言ってきてさ、」

川端を歩くフォディが、乾いた石畳に爪の当たる音とともに声を送ってきた。

「今朝も船が来てたの、見たでしょ。しつこいやつらだ。西門は西門で、町の自警団がクルマイシェーの私兵連中と押し問答を続けてるし。大変な時に来たよ、レッドは」

通りかかった腕白坊主の一団が、怖がりもせずフォディに手を振って走りぬけてゆく。

「…君とバズはずっとこの町に?」

それを見て僕は尋ねた。

「だいたいね。あの後サザルダイクに出て、南岸街道からカイン・ニディナ。そうそう、ジルカーンは『遍歴を続ける』とか言って、ニハルへ渡ってった。あっちで夏至の火祭を見るってさ。レッドはどうしてたの？　初め現れたのもデューン・ムウなら、姿を消したのも森の中、しかも足跡も匂いもぷっつり途切れてるなんて。空を飛んだかかすみと消えたか、ぞっとしたじゃない」

こんな狼でも「ぞっと」するなんてことがあるだろうかと思ったが、

「…すまない」

すぐに、死んだヒアリイや助けてくれた仲間を放りだして行方をくらませた自分——フェナフ・レッド——を思い出し、うしろめたい気分になった。

やがてフォディは川に背を向け、狭い横丁に入っていった。雑貨店や南国風の屋台が並んでいる。と、まるで僕らを呼び戻すかのように、カーン、カンと打鐘が響いてきた。

「大ギルド館の鐘！　きっと徹夜の議論が終わったんだ」

フォディがふり向いて耳をぴんと立てた。道ゆく人も立ちどまり、ちょっとした静けさの後、

「まさか兵隊を町に入れるんじゃないだろうね」

「十二人会の十二人のうち二人もの首に賞金がかかってちゃあね」

「でもクルマイシェー伯の弱虫兵はともかく、ハイオルンがおとなしく引きさがるか？」

「ハイオルンが怖いなら、火をつけるなんて無茶は最初《はな》からやめときゃよかったのさ」

「だってハイオルン商人どもが麦の値をつり上げたんだぜ。いい気味だったじゃねえか」

「あの時はな。でも今、どうすンだ？　このままじゃ戦になっちまうよ」

僕らは川岸にとって返した。打鐘を聞きつけた人々があちこちから集まってくる。

「あっ」

思わず声が出た。中洲の桟橋に横づけしている船のうち一隻に、突然ウィルム大公の旗が翻ったのである。

（エオルンはまだカイン・ニディナにいたのか…！）

その時、大ギルド館にも動きがあった。建物から現れた数人が、曲がりくねった石段を急いで下ってくる。手すりや胸壁が邪魔でよくは見えない。

「何が起こってるんだ？」

彼らは桟橋へ、それも大公旗を掲げた船へ向かっている。近くをぶらついていた連中が駆け寄っていった。たちまち人だかり。中心の数人はファンを振りきる人気スターよろしく、足早に渡し板を上っていく。そして船上には何と、エオルン・ウィルムとおぼしき人物が出迎えているではないか。

こちら岸の人々はじれったがって騒ぎ始めた。何人かは橋へ駆けてゆく。するとカーン、カン…、再び打鐘の音が川面を流れた。大ギルド館の天辺《てっぺん》の鐘楼から聞こえてくるのだ。

「何の合図だ？　普通の出船と違うぞ」

誰かの声を聞きつけてフォディが答えた。

「あれはとむらい打ちだよ」

「とむらい？」

「黒髪の民の葬送の銅鑼《どら》の打ち方。銅鑼のかわりに打鐘を叩いてるんじゃない？」

やがて大公船からは楽の音や歌が聞こえてきた。甲板に七、八人が並んで白鳥琴《きん》や大小の笛、重い響きの太鼓を奏でている。その側には白布と白い花で飾られた柩《ひつぎ》が、白木を組んだ台上に安置されていた。

梢《こずえ》吹く風を見ずや　季節ごと
安らぎの地を求めて
その風が訊く
肉体の器《うつわ》より立ちのぼる　かぐわしき魂よ
汝は何処《いずこ》へゆかん

ゆっくりと単調な節回しを支える耳慣れぬ和音の合間に、打鐘が辺りの空気をどよもして鳴り響く。

空渡る群れ鳥を見ずや　歳《とし》ごとに
憩うべき地を捜して
その鳥が訊く
天の門より去りゆく　青白き魂よ
汝は何処へゆかん

帆が上げられた。死者の魂を運ぶというシラサギが描いてある。瞳に縫いつけた赤い宝石が、鋭く光って見物人の目を射た。

伸びざかる木々を見ずや　天を目ざせど
その根は大地を離れず
走り去る獣らを見ずや　つがい子を生《な》せど
やがて死して地にかえる

「何だ、どうしたんだ。こんな時に葬式か？」
「船に乗りこんだのは誰なんだ」

野次馬たちはおごそかな歌に戸惑い顔で、ひそひそと言いあった。

されど人間《ひと》の子は何ゆえ天に憧れる
彼方　何処より来て生を始め
死して何処へかえる　そは神々も知らず
人間の子らのさだめは天の彼方にあれば

「葬送とあらばハイオルン兵もうっかり邪魔だてできんからの」

一つの声が僕のすぐ後ろまで近づいてきた。ザワ…と周りで道をあける気配。

「わしの見るところ、カイン・ニディナを無事に出ていく最後の船になるであろうて」

皮肉な調子で不吉なことを言うしわがれ声の主は、供《とも》回りを従え、レープスでは珍しいロバに乗った老人だった。服装は北方人の商人風だが、手にした時代ものの煙管《きせる》と、鏝《こて》で巻いた鬚を見れば、黒髪の民と知れる。

いざやさらば　地上を離るる時ぞ
〈やさしき死の君〉の剣は振りおろされぬ

「ワンティプルのご老人…船主さんだ」

周囲の声が言った。僕は視線を感じてふり向き、老人と顔をつきあわせた。とっさに胸に手を当て北方人風の礼でとりつくろうと、老人は僕を穴のあくほど見つめて、

「失礼ですが、何というお名でしたかな。近頃とんと物覚えが悪うなって」

儀礼的ともとぼけているともとれる口調で話しかけてきた。

「お目にかかるのは初めてだと思いますが。昨夜町に来たばかりです」

「そうでしたか？　いやどうも、いい馬を連れた人を見ると、すぐこんなふうに声をかけてしまいましての。失敬、失敬」

僕は不安に駆られて本物のフェナフ・レッドばりに表情を殺した。笑っていても目つきはピシリとした老人だが、まさか故人の世継の君が、春の川辺で群衆に混じってウィルム大公の葬送を見物しているとは思うまい。

「ところで町の一大事というに、十二人会には今しがた空席ができたようじゃの」

ワンティプル老は皆の方を向いて言った。

「そりゃどういうこってす⁉」

「話してください。大ギルド館で何が起こってるか、船主さんなら見なくても分かりなさる」

たちまち人に囲まれた彼はちょっとの間、今しも艫《とも》綱を解き、帆の喪章をはためかせて河口へと動きだした大公船を見ていた。それから煙管を二、三度吸って小さく煙を吐き、おもむろに、

「あの船には第二席のウェローパと第六席クルフィオ、それに自由の民の幹部も何人か乗りこんだそうじゃ。大公の葬送に便乗させてもろうて町を出るつもりであろ」

「ウェローパにクルフィオ！　ハイオルン商館の倉を燃やしたってんで、王さまから賞金がかかってる旦那方じゃないか」

「町を見捨てて逃げる気か」

人々はざわめいた。ワンティプル老は鬚をひねりながら皮肉たっぷりに、

「厄介者がもんちゃく起こさず出てってくれるんじゃ。十二人会の残りの十人はホッとしとるよ」

「厄介者ですと！　自由都市の旗印の旦那方ですぜ」

「だからクライヴァシアン伯やハイオルンににらまれたんであろうが。これでやつらが町に入ってきても、十二人会は言い逃れできる」

「えっ、じゃあ町をあけ渡すんですかい？」

「まだ決まっちゃおらんようじゃ。が、まぁ時間の問題だの」

とたんにドッと怒りの声があがった。

「許さんぞ。歌姫神にかけて、俺たちは許さねえ」

「ハイどうぞと門を開いちゃ、自由都市の名がすたる」

「こうしてはいられん、皆に知らせろ」

「自由の民の幹部連中のところへ、談判に行こう」

すでに橋の方からも、人々が叫びながらやって来ていた。誰も彼も自分の考えを声高に言いたてながら、町中へ騒ぎを広げてゆく。馬が走り、家々の窓から女たちの顔がのぞき、荷車はガラガラ鳴り、犬までがほえ…、まるでメイチェム村の戦支度を再び見る思いだ。

「さて、わしも行くか。皆をあおるつもりは小陽花《クリン・リブ》（タンポポ）の毛ほどもなかったが…。ま、十二人会に空きができたとなれば、わしの出番もまためぐってこようて」

ワンティプル老はくっくと独り笑いをしていたが、

「しかしウィルム大公には大きな借りができたのう」

最後の言葉だけ真顔でつぶやいたのが印象的だった。

その大公家の船は、岸の騒ぎをよそに、葬送歌を続けながらゆうゆうと遠ざかってゆく。僕は不意に、あの船には王家の紋章つきペンダントを持ったリーズが乗っているだろうと思い至った。

「預かってもらいたい」…そう言ってフェナフ・レッドは彼女に世継の証《あかし》を託した。それが今、目の前を通りすぎてゆく。だが僕は、すべてが動きだした中で独り立ちつくしたまま、遺体のない老大公の柩がミルザムへ帰ってゆくのを無言で見送った。

ズドーン、ガラガラガラ…

「今だ走れ！」

ドカーン…

「危ない、うわあああ」

ズシーン…

「来るぞ、やつら。こっちにも上陸する気だ。大ギルド館を守れ！」

川面に硝煙がたちこめた。ハイオルン船から大砲が撃ちこまれているのだ。堅牢な橋の石組みがはじけ、上にいた僕たちは地震にあったようにひっくり返った。これこそ他国にない、ハイオルン外征軍の恐るべき新兵器で、すでに岸も港もその洗礼を受けている。

「まるで雷だ！〈灰色の旅人神〉の槍だ！」

「倉が潰《つぶ》れる！　納めたばかりの羊毛が…」

「だめだ、橋はもう通れん」

川岸ではすでに砲声がやみ、人々の逃げまどう中、鉄冑《かぶと》に楯と長剣で武装したハイオルン兵が艀《はしけ》で次々と上陸し、破壊と殺戮《さつりく》を始めている。僕らは北の橋の上で砲撃にさらされていた。雲一つない午後の空に火薬くさい白煙が流れている。遠くの様子は見えないが、町の西門でクルマイシェー伯の私兵隊が攻撃に出たという報《しら》せもあった。

僕は数日前、港が三隻のハイオルン船で封鎖された時のことを思い返した。

その日も港や大ギルド館の打鐘は鳴りくるい、十二人会に返り咲いたワンティプル老は小舟だまりで、ロバの上から人が変わったような怖い声を出していた。

「おうい！　誰か外港へ行け、商船をこっちへ引きあげろ。荷が危ないわ。ここで迎えうつのかって？　いいや、やつら奥までのこのこ入ってきて橋にぶつかるようなへまはせんわい」

この時、よせばいいのに僕はつい口をはさんでしまったのだ。

「失礼ですが、ハイオルン船の一隻は大砲を備えているんですよ。大がかりに撃ってきたら、橋だってもつかどうか」

言い終えぬうちから、出しゃばるんじゃなかったと後悔した。ワンティプル老はまずびっくりした顔になり、次にうさんくさげに僕を見た。

「〝大砲〟というと？」

何てことだ！　レープス人は大砲の何たるかを知らないのだ。引っこみがつかず、しどろもどろになりながら船から突き出た砲身のことを話すと、老人はいっそう驚いた。

「コルピバの内乱の時、やって来たハイオルン軍勢の一角が突然火を噴いた、という噂は聞いとりますがの。強力な投石器の一種ですな？」

「…そのようなもんです」

「それがあの筒とは！　わしはハイオルンのことは知っとるつもりでいたが…もう年ですわい。ひとつ、この目で見てやろう。おうい！　艀を一つ出せ。外港へ行くぞい」

やがて、コルピバからの亡命者たちが僕と同じことを注進し、大ギルド館は動揺した。十二人会が主戦派と反戦派に割れて議論する間に、自由の民の荒くれたちは勝手に騒ぎだし、町なかの混乱は増した。今さら大砲の威力を説いても防ぐ手だてはなく、封鎖三日めに敵の砲艦は港の奥深く入ってきて攻撃を始め、他の二隻を率いて川を上り、今、中洲の橋に砲弾を撃ちこんでいるのだった。

「みんなぁ、こっちだ！」

剛力グロッシーが大ギルド館の外の石段に現れて、塀の後ろへ僕らを呼んだ。その直後、

ズドー…ン!!

また一発、ダメ押しの砲撃をくらった。視界がぶれ、ズタズタになった橋の中央部が花火のように粉々にとび散るのが見えた。

「落ちる！　橋が落ちるぞ」

大小のかけらが川に降る。しぶきで水面は沸きたった。もうもうとたちこめる煙と埃《ほこり》をかいくぐって、黒い影が走ってくる。バズと狼だ。

「ちっ、面白くねえ」

彼はゴミを嫌って目を細めたが、たいして呼吸も乱さず言った。

「弓も猟刀も使わんうちに橋をいかれちまうなんて」

「今に使えるさぁ、ほれ！」

出迎えたグロッシーが指さした。先頭の砲艦がじりじりとせまってきて、中洲の桟橋に横づけしようとしている。

「やつら、大ギルド館を無傷で手に入れる気だ……！」

なるほどハイオルン船はおどすように砲身をこちらへ向けたが、撃ってはこない。だいたい、まだ原始的な大砲らしく、物凄い音はするが連射などはできないらしい。

僕らはようやく戦いの興奮に包まれ、グロッシーの指示で石段や坂に陣取った。道はジグザグで障壁やくぼみもあって、防御に適している。館からにわか作りの市民兵や自由の民の仲間も出てきて、守りの位置についた。その間に接岸した船からは渡し板が下ろされ、それを楯にとってロープにつかまった兵が数人、船べりから身を躍らせる。

「よく狙え！」

弓を引き絞った僕の耳に、グロッシーの大きな囁《ささや》き声が聞こえた。

「地面に足が着くところを…今だ！」

ビューン、ビューンと弓弦がうなりをあげた。渡し板が邪魔で命中しない。次に楯を掲げた兵が板の上に現れた。

ヒュッ、ヒュッ、ヒュッ、どんどん矢が放たれ、何人かが倒れた。敵もさるもの、長剣で矢を払いながら走ってくる。またたく間に桟橋から石段下へ五人、十人、十五人…

「やめだ！　行くぜ」

突然バズが弓を放りだすと、ダッと前へ出た。右手に猟刀。胸壁のはざまを躍りこえ、先頭の敵兵の頭上へとび下りた。続いて狼のフォディも黒いつむじ風のように跳躍する。ひらめく刃、きしる敵の鎧《よろい》。後に続こうにも、誰もバズたちの真似はできない。僕も一瞬見とれてしまった。敵の剣の下を巧みにかいくぐったバズは、逆に暗殺者のごとく鋭い攻撃を加えている。その横ではフォディが牙をむき、相手の喉にがっぷりかみつく。ピューッと細い線を描いて噴きだす血。

「前列だけ行ってくれ！」

グロッシーの声にハッとして、僕は四、五人の仲間とともに剣を抜いて段を駆けおりた。バズたちをよけて上ってきたハイオルン兵がすぐそこに！

ガキン！　と剣どうしぶつかって、両腕に衝撃が走る。ハイオルンの長剣の打撃は重く、僕の頼りない剣は折れるかと思った。だが力に逆らわず手を引きながら、横っとびに身をひねると、相手の体勢は崩れた。そこだ！　剣を突き出す…まるでワルシェンの嵐の夜、サザルダイクの炎の夜のように。だが今、僕は自分からすすんで剣をふるっているのだ。メイチェム村を守る時、フェナフ・レッドが武器を取ったように、世継の君ではないただのレッドとして。

…それでいいのか、と僕はちらっと思った。世継でなくなったレッドで？——そうとも、ただのレッドとしての存在価値が今、試されているんじゃないか。僕はまた剣をくり出し、受け流し、向きを変えて別の敵とわたりあった。これでいいはずだ。僕はこうやって生きていくんだ…

味方はじわじわと押され、一段また一段と建物の方へ退却していった。日がとっぷり暮れる頃、橋を二つとも壊されて孤立無援の中洲は、攻め寄せるハイオルン兵にぬりつぶされんばかりだった。僕らは全員、大ギルド館の高い塀の内側に逃げこんでいた。さらに一隻が横づけして数を増やした敵は、梯子《はしご》とロープでよじ登ってこようとしている。

あちこちで燃えるかがり火は、荒々しい踊りでも踊っているようだ。塀近くだけがギラギラと照らされ、あとは闇に沈んでいる。疲れにも恐怖にも無感覚になった僕は、ただ機械的に動き回って矢を射たり大石を投げ落としたりしていた。時々見晴らしてみると、左右の対岸は静かなもので、ちらちら灯りさえまたたいている。

突然、狼のフォディが側に来ているのに気づいた。何人もの敵を屠《ほふ》った恐るべき顎が、僕のズボンをくわえて引っぱっている。

「中へ来てくれって。兄さんや他にも何人か呼ばれてるよ」

どういうわけだか、狼はバズのことを「兄さん」と呼ぶ。それを聞くたび僕は、あの月夜にバザヴェンの後ろを走る大きな狼を見た気がしたことを思い出すのだった。だが今はそれどころではない。フォディの仕草には何か秘密めいたものがあった。

何も訊かずに戦列を離れ、大ギルド館の屋内へ入った。常なら豪商たちが異国の船乗りを招いて宴を催したりするのだろうが、今は一変している。十二人会のメンバーのうち八人が砲撃前に逃げだしていた。玄関広間は運びこまれる怪我人と、薬や水、武器の調達に走り回る者とで外以上にごたつき、四隅に燃える松明《たいまつ》では暗すぎる。

「こっち」

フォディについて急な階段を下りると、壁に大きなひび割れの走る地下室に出た。酒倉らしい匂いを通りすぎ、カビくさい空気のこごっている廊下へ。暗くても分かるほど壁の亀裂はひどくなる。古い家具を積みあげた一番奥の部屋で、ついに壁は大きく崩れていた。そこに、この館の召使い頭の男が立ち、黙ってうなずいている。いったいどこへ行けというのだろう。闇をすかすと、崩れたしっくいの向こうに空洞と下り坂があって、奥から弱い光がもれてくる。

何やら〈森屋敷〉の石室を思わせる場所だな、手さぐりで下りながらそう思った時、

「こちらじゃ」

行く手から覚えのあるしわがれ声がした。ひんやり湿った空気の中に人の気配、そしてチョロチョ

ロと水の音。

「あんたが最後だ。来いよ」

と今度は聞き慣れたバズの声が、向こうに続く空間に反響した。暗がりで十数人の男たちに囲まれて僕を出迎えたのは、何とワンティプル老ではないか。灯りは彼のロバにくくりつけたカンテラだった。

老人は弟子に説教する賢者のように僕らを見回すと、

「悪あがきはもうよい。町の大部分はとっくに降参したであろ。お前さん方、この地下水路を通って逃げなされ。それを持ってな」

指さす方を見ると、かっちりした木箱が幾つも積んであり、その陰で荷作りしていた人物が顔を上げた。剛力グロッシーだ。

「大ギルド館にためてあったモルテム金貨、ハイオルン兵に取りあげられないうちに、俺たちが運びだしちまおうってわけさ」

「モルテム金貨だけではない。三角金貨や秘蔵の海竜貨もある。十二人会の金、つまり町の金なんじゃから、使いこむでないぞ」

「しかし、船主さんはどうするんで?」

一人が訊いた。

「わしか？　わしは降伏、あけ渡しの役をやるのよ。よいかな、わしが再び十二人会の不動の第一席を勝ちとるには絶好の機会なのじゃ」

ロバが彼の口調に合わせて丸っこい首を上下に振った。こんな所でもロバに乗っているのを見ると、老人は足が悪いらしいが、したたかで意気さかんな様子は何となくウィルム老大公を彷彿《ほうふつ》とさせる。

「でも船主さん、ここはいったい何ですかい？　地下水路？　初耳ですぜ、そんなの」

また誰かが言った。すると木箱に綱をくくり終えたグロッシーが立ちあがり、

「そりゃそうだ。橋が落ちたショックで壁が崩れて、初めて入り口が見つかったそうだからなあ。だが、ちょうどよかった」

「あの伊達《だて》男の言っとった通りじゃ。えらく大きな空洞があるらしいと、以前から壁のヒビをドカドカ叩いたりしておったが…大方、侵略時代の脱出路であろ。やつが置いていった古文書によると、南の橋の土台の中を通ってセイ川まで通じとる。セイ川の河口にはわしのボロ船が一隻、置いてある。グロッシーは知っていようが、こんなこともあろうかと、もうせん用意しといたのよ。機を見てその船で海へ逃げなされ」

そこで、僕らは順番に重い木箱を担《かつ》ぎ、ぞろぞろと奥へ進んだ。足もとの切り石を半ば覆った土の匂いが、行く手から流れてくる水気を含んだ、あまり芳《かぐわ》しいとはいえぬ空気と混じりあう。

ワンティプル老は途中で立ちどまり、カンテラをグロッシーに渡した。

「こちらの入り口はうまくふさいでしまうからの。安心して行きなされ」

「橋の土台に穴があいたりしてないことを祈ってくださいよ」

「俺たち、じき戻ってきますぜ。そうしてハイオルンや私兵を叩きだしてやる」

「それまでお達者で」

それほど狭くはなかったが、皆は一列になって老人の前を通り、挨拶をして行った。

「この金貨、多少減ってても船主さん、怒らねえでくださいね」

「そうそう、少し軽くしなきゃ運びにくい」

最後尾の僕のところへは光はほとんど届かず、チャプチャプと水音ばかりがかすかに聞こえてきた。

「〈輝く歌姫神《レインレーン》〉の幸運を。そして、必ず戻ってきてくだされよ」

老人はロバの上から僕に囁いた。その口調に何かを感じて、僕は闇の中でふり返った。

船主ワンティプルは小さな目を精いっぱい見開き、僕の行く末を案じているような、奇妙にひたむきなほほ笑みを浮かべている。

「…その時までバザヴェン号はしかとお預かりしときますわい」

「えっ」

バズに教えられた宿に置いたままの黒馬バザヴェンのことを、僕はその時まで忘れていた。そして、ワンティプル老の馬好きについて聞かされたことも。

だが老人の次の言葉で、僕は比較にならぬほど驚いてしまった。

「あの馬をシャトーレイ殿に献上したのは、このわしですからの。…あなたさまにお会いできてよかった。死んでしまわれたはずがないと信じとりましたぞ。ファウニスに行っておるあのしゃれ者めも、これを聞けばどんなに喜ぶであろ。いずれ再会の時がありましょう。覚えていてくだされ、ワンティプル家はいつでもお力になるということを」

僕はとっさにどう反応すべきか分からず、そのまま足を運んで皆に続いてしまった。老人の表情は闇にのまれ、やがて向きを変えたロバの湿っぽい足音が遠のいていった。

彼はバザヴェンを知っていた。そして僕の正体を察したのだ。背負った木箱の中の金貨が歩調に合わせてカタ、カタと鳴り、僕の心臓はドク、ドクと脈うつ。

「侵略時代の脱出路だって？　オーバーな。これは下水溝じゃないか」

前を行く仲間の声が反響した。トンネルの底には水がたまり悪臭がこもっている。建物の各所から汚水や雨水が枝溝を伝って集まってくる仕組みらしいが、このところ雨が降っていないので流れが悪いようだ。

いや、ワンティプル老が正しく見抜いているとは限らない。バザヴェンの持ち主はリファインだった…だが何にせよ、老人は僕を脱出させてくれたのだ。町の財産である金貨とともに。外ではまだ戦っている者もいるのに…おそらく、僕らが十分遠くへ行くまでの間、戦いは続くだろう。僕に向けたまなざしにこめられていた老人の思い…ただのレッドになる決意をした僕には、何とつらく感じられるあの目だろうか。

中洲の端で下水は川に注いでいたが、側壁に別のトンネルがあり、急な下り坂の狭い道がさらに深く続いていた。先頭のグロッシーがそこへ入ってゆくと、光がさえぎられ、漆黒が目に襲いかかる。僕は息苦しさを恐れて口で呼吸しながら、身をかがめて最後に足を踏みいれた。天井は低く、時折ピション、ポチョンと水がしたたっていたが、触れてみると丈夫な石としっくいで固められている。川床にがっちり埋めこまれた橋の土台の内部を通っているのだ。

ただのレッド…、僕はワンティプル老人の顔を頭から追いだすことができなかった。おまけに彼の話から推察すると、「しゃれ者」とかいう人物もいるらしい。他にもこの町には父シャトーレイ公やその家族を知る者が案外多いのだろうか。

ピシャン、パシャン、ピシャピシャ。

「気をつけろ、水が入ってきてるぞ」

声がゴウンとくぐもって届いた。橋が砲撃で落ちた時、しっくいにヒビが入ったのかもしれない。一つ一つのしたたりはそれぞれ反響し増幅し、雨だれのように連なり、不安なざわめきとなって僕らを取り囲む。このまま水もれが続いて土台が崩壊したら…、ハイオルン船は障害なくニディナ川をさかのぼれるようになってしまう。

だが僕たちは無事に川を渡りきり、トンネルは上りとなって再び排水路と合流した。かなりのペースでひたすら歩いたが、暗いのと狭いのとで距離感がつかめない。やっと悪臭が薄れ水音もなくなり、やがて、

「まだかな」

誰かがつぶやいた。行けどもつきぬ坑道に、不安と疲労がつのる。グロッシーの掲げるたった一つの灯火だけが頼りだ。戦いの緊張はとうに去り、僕は荷を背にうなだれて歩いていた。もう町外れにさしかかるはず…

ようやく道に変化が現れた。急に左に折れてつま先下がりになり、ゴボゴボ、ザーザーと新たな水音が聞こえる。そしてとうとう、

「出たぞう」

さすがにホッとした感じのグロッシーの声が響いた。トンネルは断ち切られたように終わり、出口にかぶさる木の根やシダをくぐると待望の外界、銀灰色の宵闇が広がっていた。そこは土手の中腹で、眼下にはセイ川の淀みが星空を映している。

「クルフィオも他の旦那方も、この道を通って脱出すりゃよかったじゃないか」

仲間の一人が陽気さを取り戻した声で言った。

「そりゃ無理さ、橋がぶっ壊れてから入り口が分かったんだからなあ」

グロッシーが答えた。

僕は最後にトンネルを出、川へバシャリと滑りおりた。町はもうつきて、人の気配はない。頭上に開けた夜空では、たくさんの星がちかちかとまたたきを競い、まるで遠くから拍手し手を振る大勢の観客のようだった。広々した湿地帯へ出てゆくセイ川は、ここで崖下にたまった後、大葦原を従えてゆるやかに流れていく。風が渡ると、乾いた葉のこすれあう忍びやかな音がサワサワ、貴婦人の衣ずれのように伝わってゆく。

（葦の葉揺れる〈川口の地《テルフィオーム》〉か）

剛力グロッシーはすでに歩きだしていた。そのすぐ後を、淡い影とともに狼のフォディが踊るようにとびはねて続く。弓矢を持ち荷物を担いだバズや他の男たち、この戦いの間に見知った顔ばかりだったが、皆、風と水音だけの静けさを破ろうとせずに、口を結んだまま一列になって歩いていた。

この葦原の果てる所に再び海が僕を待っている。そう思うと疲れた心がわずかに励まされて、僕も歩き始めた。背後には暗い空をバックにカイン・ニディナの防壁が見えたが、やがて背丈ほどもある葦が視界をふさいでしまった。他に目に入るものといえば、星々で賑わう暗い夜の天蓋《てんがい》だけである。

2　うたう潮流

上《かみ》の歌月の二十七日、四点鐘頃、カイン・ニディナはクルマイシェー伯の私兵隊の前に西門を開いた。すでに港はハイオルン船の砲撃で壊され、橋は落ち、大ギルド館も占領されている。降伏と町のあけ渡しを指揮したのは太ったロバに乗った老人で、その手際のよさはハイオルン兵を呆れさせた。今、彼は夜通し続いた騒動の疲れをいやすため、大ギルド館三階の眺めのよい一室で食事の最中だった。焼きたての魚と海草スープ、マンステアン・ワイン…

新総督クルマイシェー伯はかっきり六点鐘に大ギルド館に入ることになっていた。階下ではその準備であわただしげな物音がしていたが、ワンティプル老はゆっくりと食べ続け、隣に座った体格のいい中年の北方人と静かに話しあっている。その男は白い花の縫いとりのある陣羽織を着ていた。

「…ウェローパとクルフィオの行方？　そりゃわしに聞かずとも、皆が噂しとる。彼らはウィルム大公の船に乗って出ていった。両家の財産？　さあ、持てるだけは持ってったであろ。幾らあるか、そんなことはわしゃ知らんよ。今頃はミルザムに着いとるだろうの。追っていくかね、ハルハイド？」

「まさか。私には新総督の仕事ぶりを報告する役目がある。ハイオルンにこの町を分捕られちゃ、クライヴァシアン閣下だって困るからね」

「やれ、昔からお前さん、仕事熱心だの」

「手始めに協力してほしい。町のためこんだ金貨をハイオルン側に渡さずに、クルマイシェー総督へ供出してくれ」

ワンティプル老は最後の一口を飲みこんで煙管《きせる》に手を伸ばした。そして、

「カイン・ニディナを切り回してきたのはわしら商人で、だからこそ金貨を持ち寄っとった。それを、よそ者がおし入ってきて勝手をするというんなら、クルマイシェーだろうとハイオルンだろうと自分で金を出すがいい。わしらは国王に税を払っとる。それ以外は青貝貨一枚だって出さん」

そのきっぱりした態度に、ハルハイドと呼ばれた男は顔をしかめた。

「すっかり町の人間になったな、ワンティプル」

彼はそう言って溜息を一つつき、

「〈白花の剣士たち〉の指揮権がシャトーレイ殿からクライヴァシアン閣下に移った頃、私はハイオルン商船炎上の騒ぎを鎮めようと必死だった。あの時あんたは私を助け、クライヴァシアン閣下に協力して、〈十二人会〉の短気な連中をなだめてくれたじゃないか」

「そりゃ町のためにしたことじゃ」

「今度も町のためにクルマイシェー総督を受けいれてくれ。ハイオルンよりましだろう。クライヴァシアン閣下はハイオルンの力は借りるが、やつらにレープスを売る気はない。事を荒だてないためにも…。いや、こんなことを言うのは、最近ミルダイン伯などの強引な動きが多くてね。白花の剣士の中にも彼の下で荒っぽいことをする連中がいて、今、この町にも来ているんだよ…」

ハルハイドは言葉を切った。召使いが一人、慌てた様子でやって来たのだ。

「旦那さま、面会を求める者がおります。無理やり小舟を漕ぎ寄せまして。白花の装束なのですが、そちらさまとは別件だとか、ひどく、そのぅ…」

言い終えぬうちに、カツカツと靴音も高く、誰かが階段を上ってきた。

「もう来たか」

ハルハイドはつぶやき、ワンティプル老に小声で言った。

「私は忠告したぞ」

強面《こわもて》の男が三人ばかり入ってき、召使いは逃げてしまった。先頭は赤毛の長身、ヴァスカ・シワロフ。彼は事務的な口調で、

「ハルハイドか。ウェローパ、クルフィオ両人のことが分かった。ウィルム大公の船に乗りこんでミルザムへ渡ったそうだ」

「それは私も今、聞いた。十二人会の残りのメンバーも、すでに集めてある」

ハルハイドもそっけなく答える。

「貴様の仕事を横取りするつもりはねぇ。俺たちの捜してる人間のことを聞き回ってたら、偶然耳に入ったんでな。さてと、ワンティプルには俺も訊きてぇことがある」

ヴァスカは長い足でズイと一歩、老人の方へ踏みだすと、冷たい声で言った。

「北町の〝柳亭〟って宿にいた黒い馬、貴様の家の者がついさっき引きとっていったな。あの馬を預けた男はどこにいる。薄い金髪の若い北方人だ。知らねぇとは言わせねぇぞ」

「近頃の白花の剣士は礼儀を知らんの」

ワンティプル老は動じる様子なく、煙管から青い煙を吐いた。

「確かにわしは馬を預かった。が、この混乱じゃよ、持ち主がどうしたかなど…」

「しらばっくれンじゃねぇ。そいつはこの大ギルド館にたてこもってたが、その後、他の何人かと一緒にきれいさっぱり消えうせたそうじゃねぇか」

ヴァスカはすらりと腰の長剣を抜き、老人に突きつけた。

「大方、貴様がどこかに匿《かく》まったか逃がしたんだろう。さっさとはきな、でねぇと…」

その時、ワンティプル老の両目が急に真ん中に寄ったと思うと、唇がふるえだした。目の前の剣をまじまじと見ている。ヴァスカは口の端だけでニヤリと笑った。

「そう、怖い目を見たくなきゃ…」

異変を感じて彼は言葉を切った。

剣がブー…ンという音をたてて細かく振動している。刀身は鮮やかな青色を帯び、稲光のようにちかちかと明滅した。ワンティプルは金縛り状態で、恐怖に目を見はるばかり。やがて剣のうなりは気味悪い言葉となった。

……がァア……の……かァたァきがァ……ォォに

……我が主《あるじ》の敵《かたき》が、ここに！

「何だと！」

ヴァスカ自身も目を丸くして、おのが手の剣を見つめた。次いでその視線をゆっくりとワンティプルに戻し、顔をじっと見据えながら後方に尋ねた。

「ハルハイド。お前、この老いぼれとは昔から知りあいだと以前言ってたな」

そしてうなずいたハルハイドを見もせずに、

「この爺《じじ》い、白花の剣士だったのか⁉」

「い、家を継ぐ前のことじゃ。もう二十年近くになる」

船主ワンティプルがどもりながら言った。ヴァスカは剣先を引くと左手で老人の胸ぐらをひっつかみ、まなじりを常よりいっそうつり上げて、かみつくように、

「そうとも！　十八年前、貴様がテリースさまを殺したッ！　シャトーレイの言いつけでな！」

その声は剣のうなりとともに、天井や鐘楼の打鐘《うちがね》にまでこだました。引っぱられたワンティプルは机に身を乗りだした恰好《かっこう》で、驚きと恐れをいよいよあらわにし、

「お、お前は誰じゃ。その剣——昔わしの足を萎《な》えさせた青い剣を持つお前は」

「俺はテリースさまの友フラサルの弟子だ。この剣はフラサルから俺に譲られた。復讐のために な」

それを聞くとワンティプルの体はぐんにゃり力が抜けて、声にも老いがにじみ出た。

「そうか、それで分かった。…シャトーレイ殿が殺され、ウィルム大公が死に、次あたりわしの番じゃないかと思っとった。しかし…おぬし、なぜクライヴァシアンのために働く？　わしの思うに、あれは…呪われた男だ」

「お嬢さんがいない今となっちゃ、この剣も身すぎ世すぎにふるうだけだったが…思いがけなくここで復讐の続きといくか」

ワンティプルに調子を合わせたつもりか、ヴァスカはしんみりそう言った。しかし、

復讐のォ…剣にかァ——けて…

なァんじのォ…オオオ…とォき…

汝の滅びの時至れり！


青い剣が不気味なうなりをあげ、ひとりでに動いたかと思えるほど素早くくり出された。

ワンティプル老は一声も発せず、身を反り返らせた。ヴァスカが剣を引きぬくと、体はがっくり椅子に倒れ、葡萄酒《ぶどう》をこぼしたような染みが胸に広がっていった。

ヴァスカはテーブルクロスで刃をぬぐい、ふり返った。そして、剣を抜いて手下二人に相対しているハルハイドに向かい、

「これで終わりだ。結局、貴様の仕事を荒らしたな。もし貴様が弟子として爺《じい》さんの仇《あだ》を討つというなら、今ここで受けてたつぜ」

その口調は、長年の復讐を成しとげたわりには投げやりだった。

「私は弟子でも何でもない、ただ昔、彼と一緒に働いたことがあるだけだ」

ハルハイドは沈んだ声で言うと刃をおさめ、目も閉ざさず倒れている老人を見下ろした。

「その後、果ての半島へ渡った彼は、両脚《あし》に傷を負って戻ってきた。凄腕の剣にやられたとか…彼は歩けなくなり、剣士をやめて家業の船問屋を継いだのだ。この分では私も廃業した方がよさそうだな。『クライヴァシアンは呪われた男』か…」

つぶやきながら彼は老人の目をつぶらせ、自分の白花の陣羽織をぬいで、血まみれの胸にかけてやった。一呼吸後、剣士たちは全員、姿をくらましていた。

「ワンティプル老、殺さる」の報《しら》せは数日後、まだセイ川河口にいる僕らのところへ伝わってき

た。逃亡用の船が、干あがった潟《かた》にめりこんでビクとも動かないのだ。

「そういえば今年は雨が少ないものなあ」

剛力《ごうりき》グロッシーは額に手をやって溜息をついた。とりあえず重い金貨の箱を船倉へ運び入れた後、彼は皆を近くの村に連れていったが、そこへカイン・ニディナを逃げだしてきた〈自由の民〉の男が偶然現れた。そしてワンティプルの死、十二人会の解散、私兵隊による残党狩り、ハイオルン兵による商家の略奪など、町の様子が伝えられたのである。

「海へ出られんとなると…どうにか町へ戻って同志を集めようかとも思うんだが」

グロッシーが言い淀むと、新たに加わった男は首を横に振った。

「今はやめた方がいい。誰がどこにいるか分からないし、下手に動くと一網打尽になるぜ。ワンティプルの家は息子たちが継ぐだろうが、当分自分たちを守るので精いっぱいだろう」

僕は、干潟や葦《あし》原の広がる寂しい沼地ごしに灰色の海の線を見た時、少なからずがっかりした。陰気な景色だった。その焦点というべき哀れなボロ船は、陸に乗りあげてうち捨てられた難破船そのものだ。

頭の中にはいつも、ロバの上からじっと見送ってくれたワンティプル老の姿があった。彼なら占領後も大ギルド館で堂々と立ち回り、クルマイシェー伯やハイオルン兵をうまく手玉にとれたかもしれない。今やカイン・ニディナは団結の核を失ってしまった…。乾いてヒビの入った地面に不恰好にうずくまる船を眺めていると、甲板に老人の亡霊が現れてあの時の言葉をくり返しそうだ——

「〈輝く歌姫神《レインレーン》〉の幸運を。そして必ず戻ってきてくだされよ」

（いつか戻る日があるだろうか？　カイン・ニディナに…そして世継《よつぎ》のフェナフ・レッドに）

町を出てはや十日、灰色の空を渡る海鳥の甲高い声を聞きながら、僕は湿原にめりこみそうな時を過ごしていた。

剛力グロッシーは付近の村々にさぐりを入れて、町を逃れて潜伏している者がいれば連絡をとろうとしていたが、成果ははかばかしくなかった。そんなある日、遠くまで偵察に出ていたバズとフォディが戻ってきて、

「悪い話をまた一つ聞いたぜ」

と言う。

「私兵隊は近々、防壁の外まで足をのばして自由の民や自警団の生き残りをしらみつぶしにし、隠し金も捜すとさ」

「えらく徹底してるなあ」

グロッシーはもじゃもじゃ頭を掻き、

「やっぱりここを出てくしかないかぁ」

「どうやって？　あの船を掘りだして水辺まで担《かつ》いでいかなきゃなりませんぜ」

「担ぐのは金貨の箱で懲《こ》りたよ。それよりお天気に望みをかけよう。もう雨が降ってもいい頃だ。大潮も近いしなあ」

するとやはり遠出していた他の仲間が、

「そういや、おかしな噂があると聞いた。川の水が減って小さな用水路では濁りだした、だけど黒馬に乗った嵐神の子がじき雨を降らせてくれるだろう…」

「それのどこが変なんだ？」

「いや、その嵐神の化身がだよ、包囲の前に現れて、ハイオルン船の恐ろしい武器について警告したそうだ。ところが十二人会の旦那衆はそれをすぐには信じなかったので、町も港も焼かれちまった——とそう言って、ワンティプルの家では船主さんの息子たちが、その神の使いが残してった馬をだな、大事に引きとって、彼の再来を待っているというんだ」

話の途中で僕はドキリとして生唾を呑みこんだ。大砲とバザヴェンのことがどう脚色されたらこんな話になるのだろう？　それとも僕とは関係のない、偶然の一致か？

「おい、あんたの黒馬のことかもしれんぜ、レッド」

バズが冗談混じりの口調で言った。大砲の件は知らないので、彼にはそれ以上追及できない。だがひょっとしてワンティプル老は——、僕をシャトーレイ家の人間と目星をつけて、わざとこんな風聞を流していたのでは？

「なに、よくある話さ。ここは〈川口の地《テルフィオーム》〉、何かあればすぐに〈黒衣の君〉の再来だ、なんていまだに噂が絶えない土地柄だ」

仲間の一人がそう言い、グロッシーは笑ってうなずくと、話をしめくくった。

「とにかく、おしめりが来れば土がゆるんで船は動くだろう。それまでここに息をひそめ、嵐神にでも祈るさ」

結局、その通りになった。さらに十日もたって待望の雨が降りだすと、天も地もいちめん泥色に覆われて気のめいる景色となったが、地面には小さな流れが縦横に走った。満潮時に泥水が船腹をひたひたと洗うまでになると、近くの漁師たちは小舟を出して船の周囲をつついたり掘ったりしてくれた。

「船ごと俺たちに早く消えてほしいんだぜ。残党狩りはまだ続いているそうだから」

仲間の一人、船乗りのフライシュが言った。彼はそれでも幾分元気づいて、船へよじ登り、野ざらしの帆や索具を調べた。

船がやっと動く気配を見せたのは降り始めて三日めのことで、海まで水路が開けたのはその夜遅くだった。夜明け前、潮が引きだす頃あいを見はからって、僕らは全員乗船して帆を上げた。漁師たちは無愛想だったが、出発前に干し魚や貝を船に積みこんでくれた。剛力グロッシーは船倉に据えた木箱の締め金を一つ壊して、中からピカピカ光るモルテム金貨を数枚、彼らに渡した。

「さあ、俺たちが金持ちだと知れちまった。たかられないうちに海へ出ましょうぜ」

僕らが言うと、村人たちは控えめな笑みを浮かべ、小舟から手を振ってくれた。

櫂《かい》で泥と格闘し、ようやく帆が風を受けた。ギイギイきしり、かしいだりよろけたりしながら、ワンティプル老の形見のボロ船は進む。いつしか雨はやみ、甲板でふり仰げば、暗い空を葦原の彼方の方角へ群雲が次々とよぎってゆく。

「かくして我ら自由の民、川口《テルフィオーム》の地を見捨てたり、だな」

僕が思わずつぶやくと、

「なァに、また帰ってくるさ。ハイオルンとクルマイシェーが仲良くなるとは思えないし、残った町の連中もそう長いことやつらの言いなりにはならんだろう」

グロッシーが横に来て深呼吸しながら言った。

「お二人さん、前を見たらどうだい」

仲間から声がかかった。体を回して見ると、船は迷路のような沼地をぬけて、今、海へ出たところだった。一文字に引かれた水平線のふちはほのかなピンク色に染まっている。

「夜明けだ。風向きよし。まっすぐ東へ向かうぜ」

舵輪からガラガラ声がした。船乗りの民フライシュだ。得意げな彼の胸に、朝焼けと同じ色の小さな珊瑚《さんご》の首飾りがあるのに、僕は初めて気がついた。船の動きに合わせて上下に揺れている…

ふっと気が遠くなって、僕は船端にすがった。次第に明るさを増すオレンジがかった大気の中、珊瑚の赤が目にしみる。足の下でうねり始めた力強い水は僕の体を底の方から揺さぶり、つき上げてはのたうつ血潮のようだ。

——ゆらゆらと散る珊瑚のかけら、原稿に飛んだ血の染み、ごうごう鳴る水。そんなイメージの断片が目の前をよぎった。そして暗い砂浜に波の寄せる光景が、まぶたの裏の残像のように広がる。波打ち際にいるのは誰？　一人しゃがんで砂をかき回しているのは？

帆柱一つ、目は二つ、三つとむらい鳥の叫ぶ声…

細い歌声が聞こえた。あの子は何をしているの？　ピンクに光る小さな物を拾いあげては糸に通して…、

帆柱一つ、目は二つ、三つとむらい鳥の叫ぶ声…

捜しては数えながら、女の子はうつむいてピンクのかけらを拾っていた。

四つルリ草《そう》の花びらよ…

波がゴーッとおし寄せ、風景を一呑みにした——

「大丈夫かい」

辺りが白い。まぶしくて見えない。斜めにつきささる光…僕は我に返り、行く手を眺めた。太陽がつい今しがた昇ったのだ。

「船酔いかい」

また声がした。舵輪の側のフライシュだ。胸に珊瑚が光っている。僕は目をしばたたき、船べりから手を離して意味もなくひらひら動かした。頭や視界ははっきりしたが、船底の下をごうごうと流れてゆく水は、直接触れているかのように生々しく神経に響いてくる。その感覚を見てとったのか、

「〈うたう潮流〉だ。そろそろ夏至が近いから、魔法の力が強まっているのさ」

船乗りの民らしい意見だ。

僕はこれ以上ふらついて海に落ちたりしないよう、ハッチから下へおりた。今のところ風がいいので漕ぎ座には誰もいない。見ると、片隅でだらりと四肢を投げだした狼の周りに、三、四人の男たちが寝ころんでいる。

「おや、また仲間が増えた」

一人が言った。僕は舷窓の枠にもたれて、

「やあ、フォディでも海は苦手かい」

「獣は地面を走るようにできてるんだよ」

フォディの声にはいつもの張りがない。

「本当に大丈夫か、この船。ミルザムで一番近いエンシェン・ハイの港までだって、二日半かかるんだろ」

船に弱い者たちは愚痴をこぼしあった。

「俺たちのうちで船の操り方を知ってるのはフライシュだけだし」

「そのフライシュが曲者《くせもん》だ。いい調子で舵輪を回してるけど、いま一つ信用が置けねえ」

「だいたい船乗りの民って怪しげだよな。ほら、クライヴァシアンや、王子の母親。〈惑わし女〉に祈って船を沈めたりするそうじゃないか」

そんな会話を聞いて僕は再び不安になった。ヴァイラはどこへ行ったのだろう。死んだとしても骸《むくろ》はどこに？　それともジルカーンに倒されたあの侍女のように、水滴となって消滅したのか？　いいや、それなら石がないのがおかしい。ヴァイラはどこかでまだ〈海鳴りの石〉を握っているという気がする。それに、さっきの幻…浜辺の少女、あれは例のヴァイラそっくりの瞳をした女の子だ。何だか不吉な予感…車をとばしてエミーたちを迎えにいったフェナフ・レッドは、無事に二人を見つけただろうか？

船上の一日はひどく長く、僕は気が張りつめて落ち着けなかった。窓から外を見ても、うねうねと波だちながら広がる海原ばかり。午後になると船底のメンバーにバズが加わった。彼もその実、船は好きでないらしい。だがじっとしているのも性に合わないのか、やたらと歩き回っている。

夜になった。せめて夢の中でエミーやチビ助の様子を知りたくて、僕は早々と目を閉じたが、期待に反してなかなか寝つけない。

…やがて、僕は黒くうねる海原を夢に見ていた。波の生みだす白い水泡《みなわ》がいちめんにまだら模様を描いて変化する。だが目をこらすと、真ん中に一筋の乱れが認められた。筋はだんだん大きくなり、海面は無言で裂け、黒い水が僕の胸へどっと流れこんで——、気がつくと朝だった。さしこむ日光が、床板の上で揺れながらきらめいている。昨日の不安が嘘のような好天だ。

だが、それから半刻後、水を飲みに船倉へ下りていった仲間の大声が聞こえてきた。

「どうした？」

皆はハッチから下を覗いて訊いた。

「水がもってる！」

「何だって、早く別のに移せ」

「違う！　もれてるのは樽じゃねぇ、この船が水もれしてンだ！」

「まさか」

「来て見てみろ！　塩からい水がチャプチャプだ！」

皆は身をすくませて互いの顔を見あわせた。それから誰かがバタバタと走っていき、舵取りを交替して眠っているフライシュと、剛力グロッシーを叩き起こした。

船上は大騒ぎになった。グロッシーは船倉へ下りて調べ、やがて上に向かって大声で、

「金貨の箱の下あたりだ。底板がいたんで浸水してる。…かれこれ二十日も重い箱を積みっぱなしで泥につかってたからなあ」

「冗談じゃありませんぜ。どうすりゃいいんだ」

「どうするったって、箱をどけたらよけい水が入ってきそうだ」

「そんな。おい、みんなで汲みだせ」

「あと一日半たたないと港には着かないんだぜ。このままじゃ俺たち〈輝く海の女神《サン・ティーエ》〉の胸に抱かれちまうよ」

皆はワイワイ言いあっていた。それから上がってきたグロッシーの周りを取り巻いて黙ると、彼はフライシュの方を向き、一同の視線もこの船乗りの民の若者に集まった。

フライシュは皆と同様に少し青ざめた顔をして片手で珊瑚の首飾りをいじっていたが、グロッシーの促すような目くばせに応じてやっと口を開いた。

「…みんなに訊きたい。エンシェン・ハイにどうしても行かなきゃならんやつ、いるか？」

誰も返事をしない。

「じゃ、よその港でもいいってことだな？」

「こんな時にえり好みなんか誰がするかよ。けど、どうやって…」

「夏至の潮だ。今時分は潮の魔法が強く働くから、船乗りの呪文が効くはずだ。うたう潮流を一またぎにできる…多分な。ただし行き先はニハルのティーラ、ここしかない」

「ティーラ？　何でまた？」

「そこが俺の生まれた所だからさ。俺は親父に呪文を教わった。船乗りたちはよそ者には自分の港の呼び名を教えない、だから俺も他の港に行く呪文は知らないんだ」

何だっていい、やってみてくれ、と僕たちは説明などろくに聞かずに言った。フライシュは緊張した表情のまま、自分を勇気づけるかのようにニヤリと笑って胸を叩き、珊瑚を片手で外した。

「ティーラか。悪くない、それどころか海の女神《ティーエ》のお導きかもしれない。よし、フライシュ、やってくれ」

何事か考えがあるらしいグロッシーがそう言うと、フライシュは首飾りを右手で高く掲げ、今までとはがらりと違った声で叫んだ。

「すべての水に宿る女神！　風を湿らせ島々を潤し、海鳥たちの翼を養う暗きまなこの御方よ！

その御名を崇める者を導きたまえ」

そしてヒュッ！　と勢いよく、首飾りを行く手の海へ投げ入れた。

僕らは息をつめて見守った。彼の声は朗々と辺りの空気を圧し、どこか別の世界まで届きそうな太い余韻が広がっていく。

と、海のかすかな歌声に変化があった。波音もうねりもいっときフッとかき消えて、海面が船の重みでぐうっとたわんだように見え、青黒い水の壁が音もなく左右に弧を描いて立ちあがる。それは奇妙にゆっくりと舞う白い飛沫を散らしながら空の明るさをさえぎり、次にゴウーッという底知れぬ悲しげな響きとともに逆巻いて落下した。波の壁が両側からかぶさり合って前方に水流のトンネルができ、船は吸いこまれるように物凄い速さでそこへ突っこんだ。

視界は水だけ。僕は昨夜の夢を思い出した。青い冷たいしぶきが顔にザアッとかかる。それが過ぎ去ると、船は上下左右とも滑らかな弓なりの波に囲まれた、竜巻の中心のような、まったく静かな空間にあって、どこか遠い、幾尋《ひろ》も水にへだてられた暗い底から、ごうごうと流れていく潮騒が聞こえた。潮流は確かに歌っているのだ…太古の昔から変わらぬ、大地をも穿《うが》つ奥深い声で。時々パシャッ、パシャーンとはねるしぶきは、シンバルの音色にも似て…

「深き水流を抱く御方よ。我が故郷の泊《とまり》へ、御名をたたえる者を導きたまえ、〈流れる潮の女神《ティントゥーティエ》〉よ！」

続いてフライシュは、ティーラを指す船乗りの民の言葉を叫んだが、僕にはよく聞きとれなかった。女神の名の方に気をとられたからだ――ヴァイラや侍女が口にしていたのと同じ、テイントゥーティエという女神。

（女神よ。ヴァイラはいったいどこにいるのでしょう？　そして石は）

――海の面《おもて》に一筋の乱れ。それは波を乱暴に分けて進む一頭の海竜だ。その鱗《うろこ》は青緑に光るタイルのよう、冠毛は月明かりにきらめく宝石の髪飾り。だが海竜の動きはどこか変で、まるで苦痛に身をよじり、がむしゃらにつき進んでいるようだ。浜辺から、また歌が聞こえた。

満月一つ、双《そう》の竜眼、三つ鋭く黒い爪…

海竜の行く手に、黒々と複雑な輪郭を見せてそびえる岩山がちらりと見え、やがてすべてが消えた。後には青く冷たい水に漂う僕の意識が残るだけ。僕はいったいどこにいて何を見ているのだ？　これは魔法…ぐらぐらするこの感じ、宙に浮いて幻を見ている感覚は、初めてじゃない。石が脈うって古井戸から水が噴きだした時、ヴァイラの操る水の中でフェナフ・レッドから石を受けとった時。そうだ、水こそは、ここあそこ、この時とあの時、世界と世界をつなぐ魔法なのだ――

僕はそそり立つ波の壁に幻影が映っているのを見た。はるか昔の荒れ騒ぐ海を、果敢に進む古代船の一群。波にもまれ、しぶきの降る先頭の船に立つ、いかめしい顔の指導者と、髪をなびかせた女性の姿。

（あれは、〈父なるシーナファン〉と歌姫神レーン！）

それから他にも伝説の者たちが次々と現れた。クレシェム港を船出したまま帰らなかった王弟サン・ニハル。ニハル島の名は彼にちなんだものだ。その息子トスニハルは父の後を追ったが、冷たい骸となって戻ってきた。それから、船団を組んで攻め寄せた海賊王たち、迎えうつアルネブの人々…。やがて火を噴いたフェイルファンの恐ろしい光景が薄れて消えると、かわりに南の海から大船団で現れたのは漂着の北方人、海賊王をうち破りニディナ川を攻めのぼる。その頭はニディン王朝の祖シルパピア。時は流れ、今度は黒髪の民がやって来た。故国を追われた初代ウィルム大公とその郎党だ…

幻はどれも生々しく、手を振って呼びかけたくなるほどだった。いや、彼らが本物らしいというより、僕自身が幻影と同類で、別の世界へ容易に入っていけそうな気がする。

（ああ、自分がどこに属しているのか分からない。僕はどこへ行くんだ？）

するとその時、僕の心をもとに引き戻すかのごとく、急に舵輪のところからフライシュの歌声が聞こえてきた。百姓たちの陽気なはやしのような、まるで場違いな感じの歌だが、幻はすっと消え、じきその声に合わせて潮はごうごう鳴り、船はまっしぐらに波のトンネルをつき進み始めた。

時は昔、ティーラの若殿
それはそれはたくましい大男
格闘技じゃ負けなし　恐ろしい力持ち
町の衆にはそれが不幸さ
リー、ポプ、ポプ　それが不幸

町を歩いちゃ力だめしに相撲とり
相手の骨をボキンと折るのが
若殿の日課　ひどいものさ

「みんな声を合わせろ」

剛力グロッシーが言った。

「だって俺たちは歌を知らないんですぜ」

言い返した仲間の声はしかし、まのあたりにした海の不思議に心奪われ、すっかりほうけて力が入らない。

「とにかく歌うんだ。ティーラへ着けるよう念じてなあ。よけいなこと考えてると、とんでもない時代の海に放りだされるぞ。それが夏至の海ってもんだ」

「へえ、あんたも詳しいんだ」

別の一人が感心すると、グロッシーは笑った。

「俺は珊瑚なんて持っとらんよ。だがフライシュとは何度か一緒に船に乗った。ティーラにも行ったよ。あそこは小さいが自治都市だ。カイン・ニディナ同様、のびのびできるってことさ。今年は夏至祭に合わせて何か大きな計画があるって話だし」

その間もフライシュは休まず歌い続けていた。

ある月ある日、ティーラの若殿
船に乗ってアルネブへ渡った
ニハルじゃ負けなし　恐ろしい力持ち
アルネブの衆にはそれが不幸さ
リー、ポプ、ポプ　それが不幸
気ままに旅しちゃ力だめしに相撲とり

誰の骨でもボキンと折って
若殿とうとう　都へ行ったさ

その日折しも、都の姫さま
御年《おんとし》十八で〈鍋の儀式〉の真っ最中
国中で敵なし　恐ろしいジャジャ馬姫
城の殿御にゃそれが不幸さ
リー、ポプ、ポプ　それが不幸

ティーラの若殿は力だめしに相撲とり
殿御の骨をボキンと折った
姫に言い寄ってた　三人の殿御の骨を！

ところがその時、ティーラの若殿
目の前に立つ姫君を見た
今まで負けなし　恐ろしい力持ち

けれど今度は魂を奪われた
リー、ポプ、ポプ　魂を奪われた

ここぞと姫は鍋振りあげて
若殿の額をはっしと打った
若殿ばったり　倒れて気絶さ

時は昔、ティーラの若殿
それはそれはたくましい大男
姫君を連れて帰った　婚礼の式を挙げるため
ティーラの衆は踊り明かした
リー、ポプ、ポプ　踊り明かした

気がつくと波のトンネルは消えうせて、僕らの船は青く晴れ渡った静かな海にいた。

「どこだ、ここは?」

すると、もとのガラガラ声に戻ったフライシュが、

「前方に陸地！　このまままっすぐ！」

皆は舳先《へさき》の向こうを見、

「ほんとだ！　白い崖だ」

「お日さまに光ってるぞ」

ワッと歓声をあげて船端に駆け寄った。

「諸君、ニハル島だ。あちらにはミルザムの北岸も見える。水もれで沈没する前に陸へ上がれそうだ。ティーラの町は少し北へ入った所だが、昼飯時には着けるだろう」

「そういや俺たち、朝飯もまだだったように思うが」

小手をかざしていたバズがふり向いて言い、一同を笑わせた。


ちっぽけな港に着くとすぐ、僕らのことを知らせる早馬が、川上のティーラの町へ向けて発った。僕らは金貨の箱を小舟に積みかえ、じきに沈んでしまう運命のワンティプルのボロ船に別れを告げた。


「遠くまで来たもんだ」

仲間たちは言った。小舟を馬にひかせて川をのんびり上ってゆくと、春にたち戻ったような花々が岸に咲いている。ティーラはカイン・ニディナよりも北にあるのだ。

漁師町と畑地を過ぎ、僕たちは町に入った。目にする限り、人々の顔はどれも明るくたくましく、話し方も威勢がいい。僕らを見て笑ったり叫んだり、ちょっとした騒ぎになっている。

僕は初めてレープスに来た時のことを思い出した。今はもちろん、「お世継、万歳」などと叫ぶ者はいないし、あの行けどもつきぬ坂道も、壮麗な城もない。町は小さく家も平屋で、一つだけ、天辺《てっぺん》を切り取ったピラミッドのような形の塔が広場に立っている。

剛力グロッシーが止まれの合図をした。広場の端の、丸太を組んだ桟橋に、赤い襟のついた揃いのノイシール（チュニック）姿が五、六人、僕たちを迎えて並んでいた。

「ようこそ、ようこそティーラの〈赤月の塔〉へ、勇敢なる川口《テルフィオーム》の地の皆さん」

中央のやせた男が北方人風の礼をして言うと、周囲から歓声があがった。ひき舟の上で僕らは、集まってきた人々の歓迎ぶりに戸惑ってつっ立っていた。

「何だ何だ、まるで凱旋将軍みたいだなぁ」

グロッシーも頭を掻いている。

衆人環視の中で上陸すると、やせ男は僕らを塔へ案内した。彼は赤襟の町会代表たちのまとめ役で〈老師《ウォニエ》〉と呼ばれていた。

「確かに老けて見えるが、まだ〝老いた《ウォニエ》〟ってほどでもねぇのにな」

バズの小声に、

「しっ、ウォニエってのは書物をたくさん読む物知りのことで、歳《とし》とは関係ないんだ」

ウォニエその人がジロリと横目で睨《にら》んだので、グロッシーが早口に説明している。

塔は、昔ティーラに領主がいた頃の名残りだということだった。

「あの歌に出てきた殿さまの奥方、〈赤月の姫〉の墓塔なんだ。上からの眺めはちょっとしたもんだぜ」

フライシュのお国自慢を聞きながら、僕らはウォニエについて塔の外側に刻まれた階段を上った。こぢんまりした町の他、河口の港、北と西から町を包みこむ山が見える。

「あの白い筋が、山裾を回ってファウニスへ至る道なのです。我々が毎日見ておる方向ですよ」

ウォニエが意味ありげな含み声で言った。

「さて、こちらが町会の間です」

続いて案内されたのは塔の内部、墓室の真上だった。町会代表たちの席があり、上座に総督用の椅子も置かれていたが、代々形ばかりの総督は一度も座ったことがないという。観光気分で見回していた僕は、石壁に打ちつけられた新しい銅板に目をとめた。彫金された文字は町会のスローガンらしく、「ファウニスの解放を。乾杯《トッカテール》！」

(〝トッカテール〟というと、いつか馬屋番のソアグが言ってたミルザムの結社の名だ。ひょっとしてこの町も関わりがあるのか？)

文字板をふり仰いでいると、ポンと親しげに肩を叩く者があった。

「あれはうちの作品でしてな」

立派な鬚《ひげ》をたくわえた黒髪の民である。

「うちじゃ刀鍛冶からブローチの細工までやっとります。鎖帷子《かたびら》もありますぞ。ご用の節は一声おかけを、タイナルス工房の親方リブルニです」

「ファウニスというと山の向こうですね」

僕はさっき見晴らしたパノラマを思い出して言った。

「さよう、ここの総督でもある悪徳商人ヘルト小伯が領主の座についていますがね。我々ティーラの勇士がやつの椅子の上で乾杯《トッカテール》を叫ぶ日が、いよいよ近づきましたよ」

その大胆な口ぶりに僕は少しギョッとした。五百人の自警団を抱えていたカイン・ニディナの十二人会でも、こうあけすけに言いはしなかったろう。ましてティーラは自治都市とはいえ農村に毛の生えた程度、話に出たファウニスの方が町も港も大きいのだ。

「ティーラの力をお疑いですな」

僕の顔つきを見て、太った親方はふっふと片頬《ほお》で笑った。

「ファウニスにはすでに間諜《かんちょう》が入りこみ、領主打倒の準備を進めとるのですよ、あなた。ただ残念なことに、ヘルトの豚めはいつも都におってこちらにはめったに来ません。だからやつを直接串肉にしてあぶることはできんでしょうな、ふっふっふ」

そして親方は何かを串刺しにして回しながら焼く手真似をして見せた。

さて、僕らは町一番の宿屋を紹介され、期待通りおいしい昼食にありついた。夜には再び塔で、僕ら「勇敢なる自由の民」歓迎の宴が張られた。その席で大学教授のようなウォニエや泰然としたリブルニ親方、そして彼らと親しく話す剛力グロッシーの姿を眺めていると、クライヴァシアンの権力など何ほどのものかという思いが、初めて僕の胸に浮かんだ。赤襟の面々はファウニスに「攻め入る」計画を披露し、カイン・ニディナの勇士たちが仲間に加わってくれれば嬉しいと述べた。決行の時は夏至の前夜祭で、

「あとほんの五日じゃねえか」

バズが言った。

「その通り。ですが武器のことで皆さんに心配はかけませんて。うちには長剣、短剣、その他色々ありますぞ」

すかさずリブルニ親方が口をはさむ。どうもティーラの人々は僕らのことを、ファウニス攻めを前に駆けつけた強力な助っ人《すけと》と考えているらしい。そして調子のいい剛力グロッシーはすでに、ファウニスへの道のりや間諜との連絡のこと、ヘルト小伯の代理の役人たちのこと、近くに駐屯している三百人の軍団兵のことなどを、詳しく尋ねていた。

「軍団のリークム隊長は、ヘルトに地位を奪われた先代領主の息子だ。彼は介入しないと約束している。それから私兵隊だが、これは忠誠心の乏しい、悪質な傭兵と考えてよいから…」

ウォニエは勿体《もったい》ぶって説明し、宴の席は次第に作戦会議の雰囲気になっている。僕はなるべく聞かぬふりで、うまい料理や麦酒を楽しんだ。下手に口を出して〝大砲〟の時のように後で妙な噂になるのは避けたい。

「いや、しかし、こりゃまた一騒ぎあるってことだな」

やっとお開きになって宿への戻り道、仲間たちは呆れたり、面白がったりした。

「いったい何でファウニスを攻めるんだ？　〝解放〟？　何か恨みでもあるのか？」

「さあ。だけどやけに盛りあがってたな、この町の連中」

「そんなことよりカイン・ニディナはどうなっただろう」

「それにクルフィオの旦那たち、ウィルム大公の船でとっくにミルザムのどっかに着いて…どうしているんだろうなあ」

「俺たちだってミルザムに渡るはずだったのに」

「こらこら、そう不平がましい顔するなよ、みんな」

グロッシーが一同のおしゃべりに気づいて言った。

「ヘルト配下の役人どもは私腹ばかり肥やす悪名高い連中だそうだ。コルピパ出兵の時、ファウニス港の使用許可をティーラの者にも与える約束で軍資金や船を供出させておきながら、急に港の使用税を法外につり上げたらしいなぁ。ティーラは小さな町で港も貧弱だから、ファウニスの商港がほしいのさ。俺たちだって彼らに協力すれば、船が手に入るかもしれない。それにここの町会はエンシエン・ハイのトッカテール本部とつながりがあるそうだし、いずれは我々のカイン・ニディナ奪回に力を貸してくれるだろう」

いつの間にか、僕ら二十人足らずの逃亡者の目標は「カイン・ニディナ奪回」になっていた。そしてファウニス攻めを含めて、これからも次々と戦いが続いていきそうな、そんな予感がした。

3　ティーラの祭

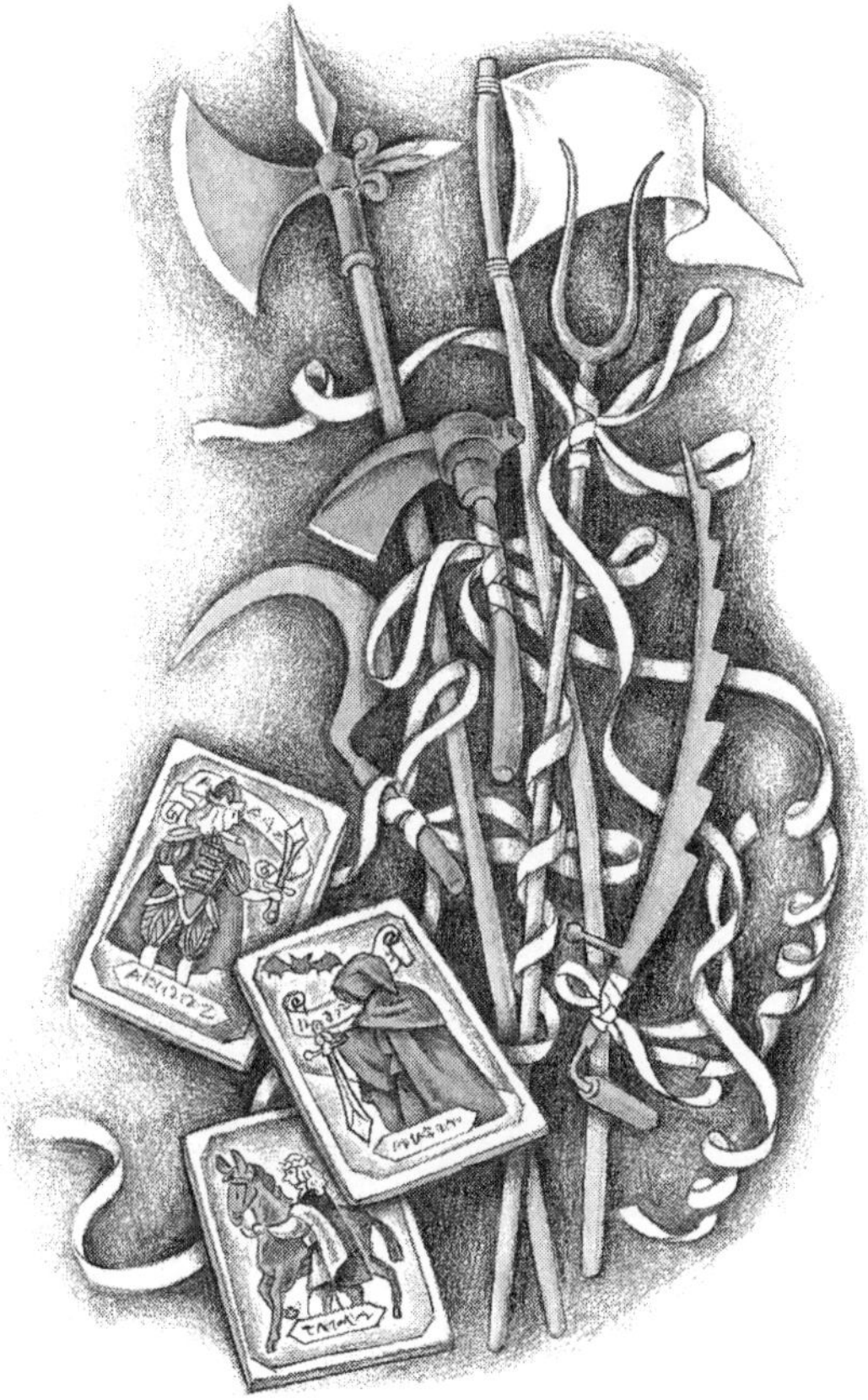

町会への協力を約束した僕らは、さっそく準備に加わった。といっても進軍の計画や武器調達、斥候など思い描いていたのとはまるで違い、町をあげての夏至祭の飾りつけが主な仕事なのだった。ティーラで最大の祭ということで、町は日に日に活気づき、近くの農村漁村からも人が流れこむ。店々は入り口をあけ放ち、宿屋はどこも満員だ。

〈赤月の塔〉の天辺《てっぺん》には若枝、花、リボンで飾った巨大な人形が据えつけられた。家の軒や広場の木には色とりどりの旗が揺れ、気の早い若者が道端で歌い踊り、芸人の一団は天幕を張る。いったいどの辺がファウニス攻めの準備なのか、それともこれはカムフラージュか…などと思ううちに、人々の熱気はどんどん高まって、前夜祭がやって来た。

晴れた美しい日で、さわやかな風が塔や広場の飾りつけを試すように揺すっている。ニハル島の夏は高原の避暑地なみ、空は澄んで高く、日ざしも適度だ。午後、僕らはタイナルス工房を訪ね、リブルニ親方に勧められるまま、軽くてしなやかな鎖帷子《かたびら》やピカピカの剣を用だててもらった。そこへ、家に帰っていたフライシュが現れ、

「用意できた？」

相変わらずカラスのように喉をつぶした声だ。

「なかなかの恰好《かっこう》だな」

僕は思わず言った。彼は明るい黄と緑の縞模様のノイシールに、オレンジ色の三角旗のついた棒を

担《かつ》ぎ、腰に剣を吊っているのだ。

「何の、地味すぎるくらいさ。珊瑚《さんご》はもうないけど、俺はティーラの船乗りだからな」

「この間までカイン・ニディナの遊び人だったくせに、よく言うなあ、ハッハッハ」

剛力《ごうりき》グロッシーが大声で冷やかし、磨いたカバーをかぶせた斧で、行こうと戸口を指した。

外に出てみると、なるほど晴れ着姿の人波が流れている。百姓は農具にリボンを結んで掲げ、黒髪の民は鮮やかな刺繍《ししゅう》をした鞘《さや》に入った短剣をめいめいベルトに吊るしている。フライシュのに似た三角旗に家紋や商品の絵を染め抜いているのは船乗りの民だ。とっておきの槍や剣をこれ見よがしに身に帯びるのがお決まりらしく、新しい剣を佩《は》いた僕たちも仲間入りした。

屋台の花売り、食べ物屋、花綱をかけた牛の列に毛並みのよい馬たち…広場のぐるりは青空市だ。

連れだってぶらぶら歩いたり店を冷やかしたり、久々の休日のような気分。

（せっかく世継《よつぎ》の君から解放されたんだ。こうでなくちゃ）

「お兄さんたち！　占いはいかが」

見ると一つの掛け小屋で、黒髪の娘が頭につけた大きな赤いリボンを揺らしている。

「あれ！　パリナじゃないか」

フライシュが急に声をあげて歩み寄った。

娘は猫を思わせる大きな目を輝かせると、

「船長さんちのフライシュ！　久しぶり、いつ戻ったの？　この人たち、お友達？」

おしゃべり好きそうな早口で言い、僕たちの方へほほ笑んだ。耳と手首にはめた金色の細い輪が、西日にピカリと光る。

「パリナ、何を隠そう俺たちはカイン・ニディナの勇敢なる〈自由の民〉ご一行さまなんだぜ」

とたんにフライシュは〝ティーラの船乗り〟から〝カイン・ニディナの自由の民〟に名乗りを変えた。

　パリナと呼ばれた娘はフライシュの幼なじみで、みんなに鉱水と焼菓子を出してくれた。

「私もいただこうっと。お店は一時休業」

これも祭のためなのか、彼女の耳と腕の輪には小さな鈴がついていて、給仕する活発な動きにつれチリチリ鳴った。

「今年のお祭は凄いわね。私、今朝ここへ来たんだけど、道は大混雑。祭に参加する者は一人残らず五点鐘までに土塁の内へ入れっていうお触れだったのよ」

何でもないことのようにしゃべっていたが、パリナも僕たちもその意味は分かっていた。ファウニス攻めに団結して出発するため、近隣の村々に通達が出されたのである。

「店はどう、繁盛してる？」

「まあね。母さんと交替で番をしてるの。場所取りが大変だったわ。ここなら一番の舞台がばっちり見えるでしょ。今年は珍しい竪琴弾きが出るって聞いて。海賊王の子孫でルビア信徒ですってよ」

広場のあちこちに木箱や板で仮設舞台のような壇ができており、その最大のものが僕らの正面にあった。

「ルビア信徒で海賊王だと？　おい、それひょっとして…」

バズが菓子を頬《ほお》ばったまま身を乗りだした。

「ジルカーンじゃない？　ニハルで夏至祭を見るとか言ってたし」

彼の足もとからフォディも言った。

パリナは狼の声を耳にして、大きな目をますます見はった。が、怖がる様子はなく、

「知りあいなの？　火炎琴《きん》の音で幻術を見せるって噂だけど」

僕はいつかジルカーンがヴァイラの侍女の水怪とわたりあった時、変わった音色の楕《だ》円形の琴をかき鳴らしていたのを思い出した。

「きっと彼だ。今はどこにいるんだろう」

顔に似合わず気さくで親切、腕のいい薬草師でもある彼にもう一度会いたい気持ちと、〝客人レッド〟の正体を知られているので会いたくない思いとが半々だった。

「そのうち現れるだろう。ジルカーンだとしたら…ひどく期待外れじゃないといいがな」

彼の火の技を見ていないバズは肩をすくめた。

やがて菓子がきれいになくなると、パリナは机の上へ色絵のついた木札の束を出してきた。

「さて皆さん。せっかくだから占いましょうか」

それは黒髪の民のカルタだった。以前ニディナでリファインやサチム伯（なつかしい名だ）がやっていた札遊びを思い出す。

「君は昔から好きだったたな。当たるかい？」

フライシュが言うとパリナは札を混ぜながら、

「母さんの方がうまいけどね。今、買い物に行ってるの。さ、誰から？」

「じゃあひとつ、やってもらうかなぁ」

誰よりも早く、意外にも剛力グロッシーがそのもじゃもじゃ頭を机の方へ突き出した。

「今日から明日、どんな祭になるのか占ってくれ」

その言葉にパリナは真顔になった。祭、それはファウニスへの出撃とともに始まる。

「いいわ。私のおじいちゃんも、スパイス商なんだけど、先の月からファウニスに行ってるの。表向きは仕入れのため、本当は〝祭〟の準備のためにね」

彼女は慣れた手つきで札を半円形に並べた。

「まず何が出るかしら。——〝火〟。夏至のかがり火？　次は…〝鍛冶師〟、逆さに出たわ。武器と山を表すの。それから最後の札は…すてき、〝太陽皇子《ニーブ》〟が出た。勝利よ。間違いなし、大成功よ」

パリナの指がめくるたび、美しい色の絵柄が現れた。特に三枚めには金色の円を背にした若い戦士が描かれ、ひときわきらきらしい。

「よかった。何事につけ太陽皇子は最高の札よ。みんなに大声で知らせたいくらい」

パリナは素早く札を集め、最初とは違うやり方で勢いよく混ぜた。すると偶然か、数枚が小さな音をたてて机の上ではね、僕の足もとに落ちた。

「あら！　ごめんなさい」

その時、

「そのままにしておいて」

別の女の声が、拾おうと伸ばした僕の手を制した。

「母さん、いいところへ」

小屋の入り口から日ざしをさえぎって、パリナそっくりの黒髪に金の耳輪の、ふくよかな女性が入ってきた。赤と緑の服を着、巻いた布地を幾つか抱えた姿は色とりどりで、パリナの母というより姉に見える。ゆっくりとつま先立つような足取りで、彼女は机の側へ来て、僕の靴先に重なって落ちた二枚のうち、表向きの札をまず拾いあげた。

「〝旅人〟ね」

次に裏向きになっていた下の札と、少し離れた所の別の一枚をめくった。

「これは…」

言い淀む彼女の豊かな髪に邪魔されて、僕には札が見えない。パリナの母は一呼吸おいてから札を拾い、娘に返した。それから急に僕の方を向くと、

「あなたは？　あなたの名は？」

「名前？　…レッド」

彼女のいぶかしげな黒い瞳に、僕は不安を感じて小声で答えた。パリナの母は覚えておこうとするように口の中で名前をくり返したが、それっきり背を向けて店の奥へ布を片づけた。その間にパリナはそそくさと札を整え、チリンと耳輪を揺すって、

「さあ他に占いたい人、いる？」

「カイン・ニディナに残してきた許婚者《いいなずけ》が無事かどうか占ってくれ」

「あ、俺は家畜や畑のことが知りてぇな」

「それよりウェローパとクルフィオの旦那の居場所を訊いてみろよ」

グロッシーの占いの結果に気をよくした仲間たちは次々に頼んでいる。が、僕は用心深く小屋の出入り口まで後退した。さっきの三枚の札が何を意味するのか知らないが、あまり聞きたくはない――特に皆の前では。

外を眺めると、次第に賑《にぎ》わってきた広場の雑踏は期待と緊張に満ち、見えないエネルギーがぐんぐん高まっていくようだ。音楽や人声の入り混じった心地よいざわめきが肌に感じられる。僕は占いのことを頭から追いだし、周りの空気に心をとけこませてしばらくじっと立っていた。やがて、

「おい、塔で芝居が始まるらしいぜ」

いつの間にか姿を消していたバズが、狼を連れてふらりと戻ってきた。フライシュがそれを聞きつけて、かすれた声を張りあげた。

「いよいよだ！　祭が始まる。ほら！」

皆は小屋を出て、フライシュの持つ旗の示す方に注目した。広場の中央、赤月の塔に、飾りたてられた木製の大人形が空を背景に相変わらずにょっきり立っている。

「レッド」

ふり仰ぐ僕の横へ、一番後から出てきたパリナがやって来て、手にしたカルタの札をさし出した。

僕だけに聞こえる声で、

「あげるわ。さっきの〝旅人〟と、下に隠れてた〝王者の剣〟。それから離れて落ちた札、〝死神〟」

僕は黙って彼女の指の間の三枚の札を見た。〝旅人〟は馬を連れた男、あとの二枚にはどちらも抜き身の剣を持つ男が描かれているが、片方は冠をつけて剣先を上に、もう一方は頭巾姿で剣先を下に向けている。

「母さんによると死神は王者の剣の裏札で、しかも位置が…どちらの剣もあなたの方を指していたって」

「それはどういうことなんだい？」

尋ねたものの、僕はできるなら答えを聞かずにおきたかった。このまま祭を楽しむ一人として、大勢の中にまぎれていたい。するとパリナは僕の心を読んだわけではなかろうが、

「私の手には負えないわ。だから札がはねとんだのよ」

ちょっと怒ったように頭のリボンを振った。

「だって私は街角の占い女にはなれても、王さまや国の運命を見る大魔術師にはなれないからって。母さんがそう言うのよ。とにかくこれ、お守りにでもしてね」

耳の鈴がチリンと鳴ったが、折しも湧きおこった歓声にほとんどかき消されてしまった。

群衆はいっせいに塔の方を向いている。塔の外側に刻んだ階段に、着飾った町会代表たちの赤襟姿があった。太鼓腹のリブルニ親方がひときわ目立つ。人々はワイワイとはやし、彼らに向かって花やリボンを投げた。代表たちは、塔の下の楽士らの音楽に合わせて大声で歌い始めた。それは昔の領主ティエラ公の暴政を訴える内容で、階段を上り下りしながら手にした槍や熊手を振っている。するとその天辺にいた領主役が（それはひょろ長いシルエットの〈老師《ウォニエ》〉だった）、大きな人形をゆさゆさ動かして歌い返す。

肥やしの匂いの百姓どもの、
　穀物倉の隅の隅まで——
木屑、金屑、糸屑のついた、
　職工通りの屋根裏までも——
愛想笑いの商人どもの、
　後ろ手に隠した青貝貨だろうと——
税は残らず払わせてやるぞ
　ティーラの富はわしのもの。

「自治都市誕生の再現なのさ」

フライシュが説明してくれた。赤月の姫をめとった力自慢の若殿の、孫の代に、重税に怒った民衆が領主を殺し、以来ティーラは小さいながらも自治都市となったのだった。

民衆役と領主役のやりとりは野外オペラのごとく、ひとしきり続いていったん途切れた。すると今度は広場のあちこちで楽器が新たに奏でられ、舞台で芸人たちが寸劇を始める。様々な物語、様々な歌、踊り、軽業…何もかもいっしょくたにした大騒ぎ。見物人も舞台に駆けあがり、即興で歌いだす。

時は昔、ティーラの若殿…と船上で聞いた節が流れたかと思うと、耳慣れぬ黒髪の民の民謡がとってかわる。あちらでフィッシュ・ジューンを踊る一団がいるかと思えば、こちらでは初代ティエラ公がニハル島に上陸した昔話を演じている。僕はごった煮の鍋と化した広場の熱気の中で、次第に自分がとけていくように感じた。水に漂うような、強い酒に酔うような心地よさ。占いなど気にするな。あれも余興の一つだ。足の向くまま人波に流されて、僕はいつしか歌に加わり、踊りに、芝居に加わった。

僕ら〈テルフィオームの自由の民〉はどこへ行っても歓呼で迎えられ、カイン・ニディナでの戦いは早くも物語に仕立てられている。黒馬に乗って現れ大砲のことを警告した〝嵐神の息子〟が雨を降らし、自由の民の勇士たち（すなわち僕ら）を無事船出させた、という筋書きだ。また、船の浸水はハイオルンの砲撃を受けたためとされ、最後にフライシュの呪文で追っ手をふり切ってティーラに着いた勇士たちは、

「さあ、次はファウニスだ！　ティーラの民よ、ファウニスへ進め！」

と叫んで観客の喝采《かっさい》を浴びるのである。

僕らはすっかりいい気分でこの劇を見、フライシュは自ら熱演してみせた。僕は酒杯をもらい、誰かのくれた花輪を頭に乗せ、剣の握りに結んだリボンをひらひらさせて歩き回った。広場を何周

ぐらいしただろう。

気がつくと辺りはたそがれて、人々の注意は再び塔に向けられていた。町会代表の歌の掛けあいが再開し、その下では薪に火がつけられた。ちょうど一番大きな舞台の側だ。楽士らの伴奏が炎とともに高まるや、赤く照り映える塔での芝居には気迫がこもり、見ていた僕も急に雑念がけしとんで、炎に引きこまれるような気がした。唱和する多くの歌声がワーンと頭蓋骨に反響する。とその時、近くの誰かの叫び声が僕を正気づけた。

「〈共鳴者〉だ。ルビア信徒の呪歌だぞ」

(ルビア信徒だって⁉)

伸びあがって眺めると、舞台の上、かがり火のすぐ側で、額にかかる前髪を赤く染めた男が、楕円形の竪琴を弾いている。炎の動きにも似ためくるめく音色が腹の底までじんじんとしみ通る。

「ジルカーン!」

確かに彼だ。リズライシ・ツェンダの末裔《まつえい》だとうそぶいていた、さえない楽士。彼は今、〈暗き森《デューン・ムウ》〉の側で炎を操った時と同じ楽器を手にし、せわしく指を動かして不思議に激しい旋律を奏でている。

僕は人波に押されて舞台に近づき、我知らずまたジルカーンの名を叫んだ。すると彼の顔がこちらを向き、僕の目と合った。折も折、塔上の町会代表たちはいっせいに槍や矛をかかげ、かけ声も高く大きな人形をグッサリ突き刺した。僕の脳裏を〈黒衣の君《デール・パイノフ》の大槍〉に貫かれた海賊王サザのイメージがちらとよぎったが、その時はもう、花やリボンで飾られた人形は塔から引きずりおろされ、ドッとあがる歓声の中、火の上へ落下した。

「燃えよ！」

と、ジルカーンが弦をかき鳴らして高らかに歌った。ボオッと音をたてて人形が火炎に呑みこまれる。夢中で手を打ちならす民衆が、

「燃えよ！」

とくり返す。火の中からさえ声がするようだ。「燃えよ」と深く滑らかな女神の声が…

「人々のはやる心、墓所の塔より西へとあふる。そは野火のごとし」

ジルカーンは祭司のごとく吟じ、人々は魅せられて炎を見つめた。

「始まりなり、こは始まりなり。颪は乱れて火の粉を散らし、人は目覚めて動く。万物は炎のゆらめきに似たり。燃えよ、燃えよ！」

打鐘《うちがね》はあちこちで鳴り狂い、人形は火柱と化した。

「そして聞け！　ティーラの民よ」

急にジルカーンは僕の方を向いてまた目を合わせ、ひときわ大きな声を出した。

「そなたらの中に王者在《あ》り。心を強くせよ！　彼は失われし神宝を取り戻し人々を救うだろう。恐れるな、ティーラの民よ。王はそなたらの側に在り！」

（ジルカーンめ、何てことを…僕に気づいてわざと言ってるのか？）

僕は驚きの余り立ちつくし、声も出ないほど腹を立てた。が、周囲の反応は早かった。

「王者が？　王がおられると？　どこに？」

塔上からリブルニ親方らしい野太い声が叫び、群衆はいっきょにざわめきたった。

僕はとっさにその場から逃げだそうと身をかがめた。

「王は隠れておられる。今はまだ名乗りの時機でないゆえに」

ジルカーンの〈憎たらしいほどの〉大声が言った。ゴウゴウ、めらめらと炎が踊る。

「だが〈新しき王〉は我らとともに在り、今宵ともに進まれるのだ！」

オオ！　と人々は気勢をあげ、リボンや花を火に投げこんだ。

「松明《たいまつ》をともせ！　今こそ武器を取る時だ」

頭上から町会代表が声を揃えて号令した。ジルカーンはもう口を開かず、いよいよせわしく弦を鳴らして楽の音をリードしている。見ると、火影の中にも猛《たけ》りたつ群衆の姿が浮かび、槍をうち振っていた。ジルカーンの技によって現出した過去の幻影だ。

「おう！　武器を取れ！」

「松明をかざせ！」

戦う祖先たちの姿を見て人々の興奮は頂点に達し、どよめきが広場に満ちた。

人形を刺した槍が今度はいっせいに西方へ向いた。

「ファウニスへ！　山を越えて」

「ファウニスへ向かえ、祭の子ら！」

「王とともに！」

リブルニ親方や老師や、他の代表たちも塔の階段を駆け下った。それを合図に牛や馬の囲いが次々とあけ放たれ、誰も彼も手当たり次第またがった。

「太陽皇子《ニーブ》！　ニーブの札が勝利を告げたわ。行きましょう！」

どこか近くでパリナらしい甲高い声がした。

そうして人々は堰《せき》を切ったように広場からあふれ、町からあふれ、残照の赤みも消えようとする暗い山裾の街道を、ファウニスへ向かって津波のごとく進んでいった。その昔、領主を倒した時の荒々しい歌を口ずさみ、飾りたてた武器と松明をかかげ、互いに杯を打ちあわせては
「乾杯《トッカテール》！　新しき王のために」

と叫びながら。

「う、〈うたう潮流〉に洗われるこの地にも、太陽祭の昼が再びめぐり、ほ、星祭の夜が再び訪れた。すべて…うう、すべての…」

サイルウィントス王は言い淀み、額に玉の汗を浮かべて苦しそうに息をついた。

「すべての害なすものを払う火を焚き、いざ歌月の最後の宵を楽しまん」

脇からサティ・ウィンが声をはりあげ、祭の開始を宣言した。

「お父さま、しっかり」

彼女は神官の鳴らす打鐘や点火されたかがり火をちらと確かめ、父王の手をとって内門へと戻っていった。

「典医の先生はどこ？　すぐ呼んでちょうだい。それから誰か…」

城に帰りついたサティ・ウィンが言い始めたところへ、

「王女、陛下のお加減がよくないと聞きましたが」

許婚者であるテルンドが現れた。今をときめくクライヴァシアン伯の息子というのに、彼には少しも気取った様子はなく、刺繍したぜいたくな上衣もあまり似合っていない。

「お部屋に戻られるところよ。ちょうどよかったわ、クライヴァシアン伯に、あたしとお父さまは宴には出ませんと伝えて」

そう言うとサティ・ウィンは侍女や駆けつけた医者を従えて階段を上り、よろよろ歩く王を守るようにしながら行ってしまった。

テルンドはその後ろ姿を見送ると、用事をいいつかった子供のような足取りで、別の方へ向かった。

クライヴァシアン伯は二階の執務室にいて、面白くない顔で数人の貴族と話していた。

「…私に一言もなく、その夜のうちに都を出ていったとは。そしてこの夏至祭にも伝書一つ寄こさぬ」

「陛下にはご挨拶して帰られたらしいし、相続手続きさえ済めばニディナに用はないということでしょう」

父とミルダイン伯ネウィンドが話しているのはウィルム新大公エオルンのことだな、とテルンドは思い、しばらく脇に控えていた。

「老大公の突然の他界でミルザムもあわただしいのでしょう」

エオルンの義弟にあたるクリンチャー伯がとりなすように言った。

「しかし、カイン・ニディナで反ハイオルン派の逃亡を援助したという話がある」

「事実としても、賢明な行動とは思えませんな。若き大公には当分ミルザムをまとめるのが大変でしょうに、厄介事をしょいこんだだけですよ。各地で暴動の火がくすぶっているのはあちらも同じ。黒髪の民の領主たちが、亡き老大公の下で結束していたように新大公のもとへ集うかどうか」

ネウィンドがまた言った。

「うむ。当分は…そう、大公の承継式が無事に済むかどうか見せてもらうとするか」

将軍のような口ぶりでクライヴァシアン伯は顎《あご》をこすった。

しばらくしてクリンチャー伯が宴の用意のため退出した隙に、テルンドは王女の言葉を伝えようと口を開きかけた。ところが、

「クライヴァシアン閣下！　ヘルト小伯がお見えです」

やかましいノックに続き扉が開くや、取り乱した様子のヘルト小伯が駆けこんできた。

「今、伝書が！」

彼はノイシールの襟から外れかけたブローチをぶらぶらさせながら、

「私の町が、領地が！　閣下、ファウニスが攻められて…反乱です。何とかしてください。ティーラの暴民どもの仕業です」

「ティーラの？　ティーラがファウニスを攻撃しているのか？」

「それだけじゃないそうで！　ファウニスの町民まで一緒になって役所や私の館を…略奪や火つけを…ああ！」

クライヴァシアン伯は立ちあがっていたが、ヘルト小伯が早口に言いたてる話を全部聞くとまた腰を下ろした。そして事務的な口調で、

「私の一番速い船を貸そう。私兵隊を派遣するなら大型船や水夫も格安で手配しますぞ」

「船ですと、私兵ですと！」

ヘルト小伯は唇をわななかせた。

「行けば私は殺されてしまう！　私兵では無理です、閣下、軍団兵に命じてください。それともハイオルン兵に。カイン・ニディナに戦船《いくさぶね》があるじゃないですか。これはニハル全体の一大事…」

「領内のごたごたに軍団兵は出せない。ましてハイオルン兵など。レープスの弱体をハイオルンにさらけ出す真似は断じてできん」

「しかし私の領地は、港はどうなるんです」

そこでとうとうクライヴァシアン伯はいらだって一喝した。

「ヘルト殿！　貴公はティーラの総督でもある。これは貴公の責任ですぞ」

「私の町、とはね。馬鹿らしい」

ヘルト小伯が執務室を追いだされてしまうと、ネウィンド・ミルダインがつぶやいた。

「やつは金にまかせて前の領主から買いとっただけではないか」

「その通りだ」

うなずいたクライヴァシアン伯だが、ニハルの不穏はありがたくなかった。彼の下でレープスがうまく治まらねば、ハイオルンが黙って見てはいないだろう。苦々しげに考えこみながら、彼は立って部屋を横切り、執務机と向きあう位置に置かれた古い玉座の背をなでた。政務に興味のない今の王の代になってからは飾り物同然の椅子である。

「あの、父上」

とその時ようやくテルンドが声をかけた。

「王女のご伝言で…陛下はご気分が悪いので宴は欠席なさると…あの、王女も欠席です」

クライヴァシアン伯は仕方ないという表情で了解した。表向き病気で実家に戻ったことになっているが、ヴァイラが急に姿を消してから、王は心身ともに調子を崩し、サティ・ウィンが幼いネシエッド王子の世話を含めて城の生活を取りしきっていた。

テルンドは執務室もミルダイン伯も苦手だったので、用が済むとそそくさと退室した。横目で見送ったネウィンド・ミルダインは、二人きりになると別の話題を持ちだした。

「フェナフ・レッドはやはりカイン・ニディナからどこかへ逃げています。城の黒馬が豪商ワンティプル家に渡ったらしい」

「何、ワンティプル？　何者かに殺された、とクルマイシェー伯から報告があったが、まさかそなたの手の者が…」

「そんなはずはありません。第一、私の手の者だなどと…あのヴァスカ・シワロフは私が閣下からお預かりしているだけのこと、ご命令以外のことはさせませんよ。ワンティプルはシャトーレイの手足だった往年の剣士、もしフェナフ・レッドに接触したなら、死んでくれた方がよいとは思いますがね」

ネウィンドは軽い口調で話した。クライヴァシアン伯は玉座から埃《ほこり》を払うような仕草を続けている。もとは謁見の間に置かれていたこの大きな美しい椅子は、ディースナフ王の時、新しい玉座が献上されて以来、ここに移された。背板には宝石王ウェイレトス（第四代）が好んだという紫水晶をはめこんで、「ニディナにて王の座す処《ところ》」という文字がかたちづくられている。

ネウィンドは咳ばらいをして、

「ともかく、初めに馬がいたのが、テルフィオームの自由の民の常宿だそうで」

「…やつが自由の民に加わっているということか」

「あるいは」

「…自由の民の残党が船で逃げたという噂も聞く。行き先は分からんが、ウェローパ、クルフィオらがウィルム大公の船で逃げたというのが事実とすると、おそらく…」

「ミルザムですな。閣下、ミルザムには先日、新大公をめぐる動きを探らせるため〈白花の剣士〉を派遣しました。彼らを軍団兵への使者として、ウェローパらの引き渡しを大公に申し入れるよう伝えさせます。フェナフ・レッドの行方もひき続き捜させましょう」

クライヴァシアン伯はちらりとネウィンドを見たが、すぐに視線を玉座に戻した。

「老大公の隠密だったヴァスカ・シワロフを、ミルザムでこちらの手先として使うのは軽率すぎんかね。やつらをつなぎとめていた〈海竜の島〉の〝お嬢さん〟とやらも、消えうせたと聞く」

「やつらをつなぐもっといい鎖がありますよ…モルテム金貨というのがね」

「ふむ、高くつくだろうな。まあ、ミルザムを手に入れるためとあらば仕方ない。ニハルの方は後回しだ。今度の冬、ハイオルンの使節が来る折には、ウィルム大公だけでなくミルザム中の大小伯をずらりとニディナ城に並べたいものだ。そうすればハイオルンもレープスと私には一目《いちもく》置くだろう」

クライヴァシアン伯は空《から》の玉座の側で独り言めいて話し続け、ネウィンド・ミルダインはまた咳ばらいでごまかしながら、そんなクライヴァシアンをじっと見つめた。

「…おいレッド！　行かないかって訊いてんだぜ」

不意に仲間の声が僕を我に返らせた。

「え、何？」

「みんなで祝杯あげようって言ってんのさ」

僕たちは〝解放〟されたファウニスの町角に立ちどまっていた。熱狂とともにティーラを発ってから丸一日過ぎた夕暮れ、血なまぐさい祭に酔った町衆がどっとくり出している。領主の館を今しがた占領し、リブルニ親方の予言通り、ヘルト小伯の椅子を蹴倒して「乾杯《トッカテール》」が叫ばれた。浮かれた町には凱歌をわめく一団や、館から奪った金貨をばらまく荷車などがなだれこんで大変な騒ぎだ。

僕は耳を覆うばかりの喧噪《けんそう》にうまくとけこめずに、黙りこくったまま仲間の後から足を運んでいたのだった。暴れすぎた子供のような疲れに加え、さっき辻で吊るし首になった徴税吏のぶらぶら揺れる死体が目にちらつく。腰の剣が重い……

「老師《ウォニエ》どのや剛力グロッシーは話しあいがあるんだと。けど、俺たちは楽しもうぜ」

再び耳もとで怒鳴られた僕はようやく顔を上げ、目の前の何やらいかがわしそうな店を見た。夕闇の中、いち早く灯をともして道ゆく者の目をひいている。

「ここでか？」

僕は言った。みんな、よく元気があるもんだ。

「ちぇっお前、固いこと言うなよ。祭じゃねえか、しかもとびっきりの勝利の晩だ」

「ティーラじゃお目にかかれんきれいどころがいるぜ。やっぱりファウニスは開けてる」

なおも僕がぐずぐずしていると、

「無理に誘うな」

バズがふり返って言い、男たちは僕を残してぞろぞろ行ってしまった。店の戸口から〝きれいどころ〟の黄色い声がする。僕はバズになめられたようでちょっと不愉快だったが、それよりホッとして向き直ると、狼のフォディが黒い尾をパタパタ振っていた。

「港へ行ってみない？　フライシュが、お父さんの船が来てると言ってた。きっと泊めてくれるよ」

そして返事も待たずにとっとと歩きだしながら、

「やっぱりあんたは上品だ。その辺の荒くれとは違うね」

感心したのか小馬鹿にしているのか、それとも探りを入れるともとれる口ぶりだ。

港で人に尋ねて、目ざす船を見つけた。ちょうど酒樽を運びこんでいる水夫がいたので声をかけると、船長が出てきた。

「どうぞ。町なかはうるさいから、うちの船でささやかに祭の酒を飲むところです」

船の嫌いなフォディは手近な物陰にごろりと横になり、僕は少しうらやましく思いながら船長について渡し板を上がった。船体の向こうに広がる暗い海を、夕焼けの最後の残り火が赤紫の帯となってふちどっている。

後甲板に黄色いランプの灯があり、魚の模様のついた虫除け布の衝立《ついたて》に囲まれて、七、八人が輪になって樽に座っていた。北方人も黒髪の民もいる。おや、赤い髪も一人…と思いきや、

「あんたは〝客人レッド〟じゃないか？」

「ジルカーン！」

日焼けした顔に落ちくぼんだ目、笑っているともあえいでいるともとれる大きな口もと。赤く染めた前髪は、昨夜ティーラの人々の士気を鼓舞した時のままだ。

「…なぜここに」

尋ねながら僕は、彼がまた「王者在り」と叫びやしないかと思って浮き足だった。以前正体を知られた時、フェナフ・レッドは呪詛《じゅそ》まがいの口調で彼を黙らせたが…、果たして僕にあんなおどし文句が言えるだろうか。

「今朝ティーラの港を出てこっちへ来た。海側からファウニスを見張るため、特に高台の駐屯地をね。約束通り、軍団兵は動かなかったのでよかったが」

年かさの水夫が口をはさんだ。ジルカーンはややぎこちなくうなずいて、

「私は昨夜《ゆうべ》の演奏で疲れてねえ。残って火の始末をしていたら、ここの人たちが声をかけてくれた。それにしてもレッド、また会えて嬉しいな。ルビアさまのお導きだ」

僕はジルカーンからは遠い一隅で、葡萄《ぶどう》酒や魚を御馳走《ごちそう》になった。男たちはティーラから来た者もいればファウニスの交易商や船乗りもいたが、全員が今回の〝祭〟に関わっており、何となく結社の同志といった雰囲気がある。

（例の〝乾杯《トッカテール》〟という組織かな。グロッシーやウォニエのように表立ってはいないが）

彼らの話題は今後の商いや軍団兵との駆けひき、自治権をニディナに認めさせる方法などへと移っていったが、やがて、

「そういや、ミルザムでここんとこ騒ぎが起こってるのを知っとるか？」

船長が物知り顔で言い始めた。

「何かあったのか？」

エオルン・ウィルムや葬送船のことを思い出して、僕は再び不安になった。

「新大公の立場が危ないとさ。彼はトッカテールの者と親しいし、アルネブからお尋ね者を連れてきたというんで、領主たちが反発しとるらしい。彼らが老大公さまの葬儀出席にかこつけて、新大公やお互いを牽制《けんせい》しようと私兵を動かすって噂、ディンウェーから来た船乗りが教えてくれた」

「俺も聞いたぞ、ダディエムの町衆が騒ぎに便乗して、労役を放りだしたり通りで暴れてるって」

「たまってた不満が噴きだしてきたんだろう。トッカテールは大繁盛さ、きっと」

「だがテトムやエンシェン・ハイには軍団兵がいる。やつらが出動したりしたら…」

「ミルザムも血なまぐさい夏になるんでしょうか、おお、かがり火の乙女よ」

ジルカーンが最後に発した言葉は、独特のアクセントのせいで半ばおどけて聞こえた。

皆はアハハと笑い、そうなればニディナは当分こちらに構っていられなくなるから好都合だ、とうなずきあっている。

（しかしミルザムにとっては…。混乱はクライヴァシアンの思う壷では？）

僕は考えこんでしまった。最大のライバル老大公の亡き後、黒髪の民の領主たちがまとまりを欠いているとなれば、クライヴァシアンは、島内の軍団に命じて一気にミルザムの制圧を企てるかもしれない…

そんなことを思ってぼんやり座っていると、僕の様子に気づいた船長が言った。

「客人レッド、疲れとるなら横におなんなさい。今夜は人が集まると思って前甲板に寝椅子を幾つか出しときました。どれでも使ってください」

「…ありがとう。じゃあお先に」

杯を傾けしゃべり続けるタフな男たちの輪をぬけて、僕は人けない舳先《へさき》の方へ行った。

港や町には大小の灯りが楽しげにまたたき、賑やかなざわめきが流れて、まだ眠りは遠そうだ。ホッと吐きだす熱い息を夜風が心地よくさましてくれる。船端にもたれて小さく上下する揺れを感じていると、疲れなのか眠けなのか、体内にたまった水分がタプタプとけだるく揺れる気がして、僕は低い手すりに身をあずけ、海面に目を落とした。

そこには町灯りと暗い星空が映っており、これもタプタプとたたみかけるようにうねって目の奥へ広がってきた。ゆるい風が顔の周りに垂れた髪を頼りなく動かす…それともふらふらするのは僕の平衡感覚の方だろうか。

不意に水面が黒く開けた。覗きこむ僕の顔が映っている。小さなさざ波に崩れてはまた結び、そのたびにだんだん他人のように見えてくる奇妙な顔。その時、僕は直感した。今、現実の世界でフェナフ・レッドもまた僕を見ている…。

（夏至の潮の魔法だ！）

何かの衝動につき動かされて、僕は向こうの世界の分身に向かって口を開いた。

「君、まずいことが起こったんだ」

まったく同時に海面の顔も口を開き、かすかな波紋と一緒にフェナフ・レッドの声が、遠い電話のように聞こえてきた――「君、まずいことが起こったんだ」

「僕は今、ファウニスの港にいる。どうやらミルザムでエオルンが難儀しているらしい」

僕は言い、同時に水面のフェナフ・レッドが言った、

「僕は今、洞窟の中にいる。どうやら下の洞穴でエミーたちが難儀しているらしい」

「何だって！」

僕は驚いて訊き返した。やっぱりエミーとチビ助に何かあったのだ。

「何だって！」

とフェナフ・レッドも言った。波間の映像が大声にぶれる。

「よく分からないんだが、聞いた限りだと、老大公亡き後、黒髪の民の領主たちがしのぎを削っていて…」

「よく見えないんだが、聞いた限りだと、レイスドゥインとかいう名だと言っていて…」

「エミーは？　そこにいるのか？」

僕の声で波がたち、水面の顔はゆがんで崩れた。だが、彼の声だけははっきりと、

「リーズは？　そこにいるのか？」

と聞こえた。

リーズだって？　あのウィルム家の召使い、〈花咲谷《メイチェム》〉村のヒアリイの姉の？　何だって突然彼女の名が出てくるのだろう。ペンダントを預けてはいるが、それももはや僕には無用の物ではないか。訊き返そうとしたが、海面には暗闇があるばかりで、フェナフ・レッドの顔はもう見えない——辺りの空気がおかしかった。闇が僕を核に凝縮するようだ。…ザパーン、ザパーンと波の音。反響している。僕は顔を上げた。

周囲は一変していた。驚いて声もなく見回す——ここは岩穴の中だ。船べりをつかんでいたはずの僕の手に今触れているのは、足もとから突き出た大岩で、その向こうは奈落に落ちこんでいる。水音がひっきりなしにこだまするのは、下に海とつながった空洞があるためらしい。

そうだ。ここは断崖絶壁の観光地、洞窟の中だ。彼は夜中に車で駆けつけ、「探検コース」のトンネル内を捜し回ったあげく、この縦穴を見つけたのだった。

「エミー！　チビ助！」

下へ向いて叫んだ。あの二人、肝だめしの途中できっとこの穴から下へ落ちたに違いない。闇をすかして見ると、かなり下で波がでこぼこの岩床を洗い、かすかに白く泡だっている。潮が

満ちてくるのだろうか。

（潮…潮の魔法？　夏至の海の…それじゃ僕らはまた入れかわったのか？　フェナフ・レッドはあっちの世界にいるんだろうか）

するとまるで僕の問いに答えるかのように、海水がザーッと引く、その一瞬平らになった水面にフェナフ・レッドの姿が見えた。ずぶぬれで、どうやら気を失って甲板に倒れている。いつ現れたのか、ジルカーンが手首の脈を測っていた。他にも全身から水をしたたらせた人影が一つ。フェナフ・レッドは今しがたまでの僕の恰好——汗くさいノイシール、腰にはリボンを飾った剣、そのリボンもよれよれになっている。

そして僕の方は短髪になり、ジーンズとアロハシャツ、スニーカーといういでたちだった。

（こんな時に入れかわるとは…）

波が寄せて、フェナフ・レッドは消えてしまい、僕は我に返った。

「フェナフ・レッドさん？」

下の洞穴から聞き慣れない声がした。いや、声そのものはエミーなのだが、微妙なニュアンスがどこか異質なのだ。

「レッド？」

今度はチビ助らしい声もする。

彼ならたった今、本来の世界へ戻ったよ――そう言おうとして変なことに気がついた。ここは僕の世界だ。なのに、なぜ僕をフェナフ・レッドと呼ぶのだろう。

足もとに懐中電灯が落ちていたが、拾って試してもつかない。電池切れなのだ。放りだして後ろへ蹴とばすと、クウンと誰かが悲鳴をあげた。

「ゴッド・ファーザー」

スパニエル犬は哀れっぽい声とともに、僕の手にぬれた鼻を押しつける――やれやれ、どうなってるんだ。岩のトンネルにしゃがんだまま、僕は溜息をついた。が、ふと思いついてポケットを探り、ライターを見つけた。うんと手を伸ばして、その小さな火で下の奈落を照らしてみる。洞穴は思ったより狭く、海へと傾斜した床の半ばまで寄せ波がきている。ぬれていない一番奥に、身をすくませて寄りそう人影が二つ。

「エミー…」

再び叫ぼうとして僕は途中でやめた。そこにいたのはエミーではない。エミーの顔形をしているが、金髪を長く垂らし、ごわごわのロイェク（ワンピース）を着た見知らぬ娘だった。そして側に片足を投げだしてうずくまっているのはチビ助ならぬ、黒髪を革紐で束ねた〈竜使い〉の息子カリュウス・クナキスだった。

僕はライターをパチンと閉じ、混乱した頭を抱えた。ここはどこだ？　エミーとチビ助はどこに？　これも夏至の魔法？　だが僕の世界では夏至はとうに過ぎている。

（本当に僕の世界か？　こんな洞穴…岩…、だがライターなんかは現実だし…）

クウン、とゴッド・ファーザーがまた鼻を鳴らした。僕は犬の頭をなでてやり、無理に気を取り直して下に向かって呼びかけた。

「カリュウス、なぜここに？　そしてお嬢さん、君は誰？」

すると岩に反響したカリュウスの返事が届いてきた。

「ああレッド、僕はあなたを捜そうとしたんだ。なのに竜から落っこちてこんな所へ…おまけに治りたての足をまた痛めちゃった」

「竜だって？　飛竜を…呼んだのか、君が？」

「父がとうとう亡くなって、僕が——ほんとに未熟ながら、後を継ぎました」

「クナキスが…」

「父さんは水車の事故で何もかも忘れてしまっていたけど、死ぬ直前に正気づいて僕に竜の呼び名を教えてくれた。それで僕はやつらの——ヴァスカ・シワロフの手下ですけど——目を盗んで竜で空へ飛びたったんです。でも行き先を迷ってニディナ上空をうろうろするうちに、何か強い衝撃をくらって竜から放りだされて…気がついたらここに」

情ない声でカリュウスは言った。

「それはいつのことだ」

すると、エミーの顔をした娘が、

「この人、さっきいきなり暗闇からドシンと落ちてきたのよ。お互いの話を聞いて、竜を呼ぼうと試したりして…まだ一点鐘もたっていないと思う、だけど」

「ここへ来たら暦が変なんだ。だって僕が突風で落ちたのは花祭の晩なのに、彼女は違うと言うんです」

「今は冬のはずよ」

「二人とも変だよ。今日はもう夏至だぞ——向こうの世界では」

僕はうんざりして言った。向こうの世界とこちらでは、時の経過が一致しないのだ。だが彼らがこちらに来るには何か魔法が働いたに違いない。花祭の夜というと、フェナフ・レッドが〈海鳴りの石〉を使った日だ。もしかするとそのせいか…

「君の方は、どうしてここに?」

僕は娘に尋ね、長丁場になりそうなので岩の上にあぐらをかいた。二人の救出には大がかりな照明やロープなどが要りそうだ。助けを呼んでくるとしても、竜使いやロイエクの娘を見たら、人が何と言うだろう。

「ここというのがはっきりしないのだけど」

彼女の口調にはサティ・ウィンを思わせるところがある。サティのモデルもエミーだから、当然かもしれない。

「私の名はレイスドゥイン。父はディーニルン家のテリース、母はロルセラウィン」

「何!? テリースとロルセラウィンの娘!? 本当に?」

僕はあっけにとられた。〈廃市〉の砂浜で踊っていた二人の幻が思い出される。

「父は私が四つの時、ウィルム大公の謀略により殺されました。身重だった母は大公に連れ去られ、後に死んだそうです。私は父の友人の剣使いフラサルに育てられましたが、彼も四年前、やはり大公の手の者に殺されたんです」

淡々と彼女が話すのを、僕は息もつけず、目を大きくあけて呑みこむように聞いていた。

「私は父の家人やフラサルの弟子たちと復讐を誓って、レープスに渡りました。でも逆に私が大公に捕まってしまい…ここ、海竜の島に連れてこられ…」

「海竜の島!?」

「そう、そのはずなんだけど…」

と、レイスドゥインの声は初めてあやふやに、心細げになった。

「見張り役の女の人と一緒に、島に置き去りにされたわ。一年半、昔の流人小屋で、小さな畑と牛や鶏の世話をして暮らしたの。海竜が怖くて海岸には近づけないし、死ぬ勇気もなくて…。昨夜——

暦がないから、冬だったことしか分からないわ——いつものように寝床に入って、次に起きたらここに…」

「じゃあ今朝からその洞穴に？」

「ずっと暗くて時刻は分からないわ。とにかく、カリュウスが現れるまでは気が狂いそうだった。あの島よりひどい所があるなんて」

「潮が引いている時、外へ出られなかった？」

「だめよ。それに私、泳げないんですもの」

僕は何とか二人を助けだす方法はないかと、洞穴の様子をあれこれ聞いたり、ライターのかぼそい灯で穴のふちを調べたりした。それからいったん岩山の外へ出て車のトランクからロープを持ってき、穴から下へ垂らしてみた。ところが驚いたことに、ロープの先は闇に消えてしまい、いくら下ろしても底につかないばかりか、下の二人にもまったく見えないというのである。

「あなたが綱の端を握ってるのは見えます、フェナフ・レッド。でもすぐ下で消えている。垂れている気配さえないようだわ」

「何か投げてみてくださいレッド。こっちに届くかどうか」

そこで僕は試しに岩のかけらを拾い、穴から落とした。海水に落ちてボチャンと音がする…はずだったが、実際には気味悪くシンとして、かけらは落下の途中でフッとかき消えてしまった。

「どういうことだ⁉　石、落ちていかなかったか？」

「全然」

という答えが下から返ってきた。そしてカリュウスの声が続けて、

「レッド、そっちとこっちはつながってないんだ！　別々の世界が隣りあっているだけですよ、きっと」

「そんなわけの分からないことが！　だって声も届くし、見えるじゃないか」

「飛竜と似てる。見えるけれど、普通の人には決して触れられない。竜は違う空間にいるってわけです」

僕は再び座りこんで頭の整理を試みた。下の洞穴はどうやら、現実にもフェナフ・レッドの世界にも属さない、二つの世界のはざまにあるらしかった。

（そして…そうだ。ここと あそこ、世界と世界をつなぐのは水だ。海だ）

僕はハタと膝をうち、下へ向いて叫んだ。

「海だ。海からならきっとそこへ行ける。ボートか何か捜してくるよ」

フェナフ・レッドは波間に漂っていた。岩の穴から下を覗いてカリュウスたちを助ける方法を考えていた時、暗い水面に分身の顔を見つけた。言葉をかわすうち、つい身を乗りだして平衡を失い、

穴のふちで背中を打ってそのまま落ちたのだ。波の寄せる洞穴の岩床に叩きつけられると思ったが、意外にもドボーンという音をたてて、冷たく深い海水に頭からつま先まで潜ってしまった。

彼はもがき、水を飲み、泡を吐いた。手足は重く、天地の感覚もない。前にも海に落ちて失神したことがあった。あれは初めてレープスに向かっていた時…、あの時に似て海水に魔法めいた匂いがする。

どこからか歌声がした。細く澄んだ子供の声。彼は目を閉じ、手足の力も抜けて眠るように漂っていた。


帆柱一つ、目は二つ、三つとむらい鳥の叫ぶ声…

四つルリ草《そう》の花びらよ…

満月一つ、双《そう》の竜眼、三つ鋭く黒い爪…

四つしなやか鱗脚《うろこあし》…

母さま　母さま　石はどこ
母さまのおなかで燃えてるの
つめたく重く燃えてるの

母さま　母さま　かわいそう
石があつくて眠れない

帆柱一つ、目は二つ、三つとむらい鳥の嘆く声…

新月一つ、双の竜眼、三つ曲がった黒い爪…


気がつくと、彼は寝台にうつぶせになっていた。背中がずきずきしたが、やわらかな明かりと心地よい揺れ具合に驚いた。

(ここはどこだ?　この寝床は?)

麻のマットに頰を押しつけて心臓の鼓動が背中に熱く伝わるのを感じていると、幼い声の歌う悲しげな節回しが耳の奥をすうっと遠のいていった。

…母さま　母さま　かわいそう
石があつくて眠れない

ふと、側に誰かが座ってじっと彼を見ているのを感じとった。首をねじって見上げたが、どうも知らない男のようだ。

「誰……？」

「おや、生き返りましたな」

自分のことを言われたと気づくのに一呼吸かかった。何者だろう、見覚えのあるようなないような顔…立襟《たちえり》つき上衣、だがブローチはなく喉もとはあいたままだ。乱れた金髪、無精鬚《ひげ》…いや、こんな男は知らない。

「どんな様子かな」

扉の音とともに別の声がした。そのアクセントに、彼はメイチェム村でもらった薬湯の香りをとっさに思い出し、入ってきたのがジルカーンだと分かった。

「なあに、もう気がつきましたよ。大丈夫、呼吸も普通だ」

見知らぬ男は上体をひねり、フェナフ・レッドのことをそんなふうに報告した。

（ジルカーン…そうだ、ここはファウニス港。そしてエオルンがミルザムで危機に…。ああ、ここは船室だ、揺れている）

彼は急に意識がはっきりすると、ガバと両手をついて頭を起こした。そのとたん、背筋に痛みが走り、またバタリと倒れた。

「そりゃちょっと無理だ」

慌てて横の男が手をさしのべ、

「しばらくうつぶせでいないとね。じき薬師どのが湿布をしてくれますよ」

三角形につっぱっているフェナフ・レッドのひじに触れてゆっくり伸ばした。…と突然、彼はフェナフ・レッドの顔をしげしげと覗きこんだ。淡い色の目が大きくなり、

「…リファインどのか⁉」

おし殺したつぶやき。フェナフ・レッドはぽかんとして見返した。その青い瞳にますます驚いたのか、

「いや、…違う。あなたは…あなたは」

男は顔を遠ざけた。そしてかすかにふるえを帯びた声で、

「そうか…それよりも…リファインどのというよりも…」

そこでふるえはぴたりとやんだ。男はもう一度、少しだけ寝台に顔を寄せた。

「こりゃ驚いた。ここは神世《かみよ》じゃなし、見たところあなたも亡霊ではなさそうだ。それとも私の目が突然狂ったのかな？　…レープスのお世継フェナフ・レッドどの！」

「な、何だと…!!」

フェナフ・レッドはまた体を起こそうとしたが、痛みに力が抜けた。

「だ、誰だ君は…」

彼はうめいた。自分がどこにいるのか、まだ夢を見ているのか分からなくなっていた。

「いやはや、落ち着いて。ショックを与えちゃいけませんでしたよ、怪我人に。すぐ湿布を頼みます。しかし私の方もショックだ…。お互い変わりましたなあ、それにしても。かつての栄光は二人ともほとんどなし。…私に覚えがありませんか？　そうでしょうな、溺れかけて気を失ってらした方にお尋ねするのは、どだい無茶だ」

「誰…言ってくれ、誰だ？」

相手の声や言い回しにかすかな記憶の断片を探りあてそうになったフェナフ・レッドは、じれったい思いで懇願した。マットに押された胸がドクンドクンと頭へ響く。

「…あの頃はニディナものどかでしたよ。覚えてらっしゃらんか、もう二年も前、初めて城へいらしたその翌日に、あなたは私の取り巻きの姫君方をみんな横取りしてしまったんですがね…」

フェナフ・レッドの脳裏に稲妻のようにひらめくものがあった。

「サチム伯！　…幕僚武官の、サラン・サチム伯！」

ご明答、とばかりに目の前の男は口もとをゆるめた。フェナフ・レッドはその皮肉っぽい笑いを見ながら、長い空白をこえて彼の印象が強烈に甦《よみがえ》ってきた。面白そうに周りを見る細めた目、葉巻をくわえていた口。服装こそ一変していたが、確かにサラン・サチム伯その人だった。

フェナフ・レッドは不思議な再会の驚きにうたれ、背中の痛みも忘れて、

「よく分かったな、僕が」

小声で言ったが、今さら声をひそめる必要などないのだった。船室にはジルカーンがいるだけで、他の者たちは甲板の寝椅子で休んでいるのか、物音一つしない。

「初めは弟君、つまりリファインどのかと思いましたよ」

サチム伯はくっくっと小さく笑ったが、目はまだフェナフ・レッドに釘づけだ。そして湿布を持って近づいてきたジルカーンに、

「何で先に言ってくれないんだ、人が悪いですな、まったく」

ジルカーンは例の、笑っているのか怒っているのか分からない声で、

「だってこの人は〝客人レッド〟で通しているからね。私は偶然本当の名を知ったけれど、それについては尋ねるなとおどすんだ」

そしてペタリと湿布を貼り、少々手荒に（とフェナフ・レッドには思えた）包帯をぐるぐる、彼の胴に巻きつけた。

「ほう」

サチム伯は金のさざ波のような短い顎鬚をこすった。フェナフ・レッドは伯とジルカーンの組みあわせに、手ごわいものを感じた。

ジルカーンはメイチェム村やカイン・ニディナでの出来事をサチム伯に語った。カイン・ニディ

ナの話は町の噂や祭の寸劇をジルカーン流に混ぜあわせた、かなりいい加減な物語である。

「なるほどねえ、あなたが自由の民の剛力グロッシーの仲間とは。しかも身分を隠して！　こりゃちょっとした英雄譚《たん》だ。流謫《るたく》の貴公子フェナフ・レッドの巻」

聞き終わるとサチム伯は腕組みし、大仰に感心してみせた。

「冗談はよせ。君の方こそ、こんな所で何をやってるんだ」

ジルカーンの怪しげな話を訂正する気も失《う》せて、フェナフ・レッドは言い返した。

「何って、そりゃ私も忙しい身でね」

サチム伯は腕をほどき、ふところから〈香り丘〉産の極上品とおぼしき葉巻を出すと、ランプのほやを取って火をつけ、気をもたせるようにプカリと一回ふかした。

「今もティーラやこの町の代表者と話しあいをしてきたところです。剛力グロッシーは祝宴に合流すると言って、賑やかな通りの方へ行ってしまった。私は知りあいのここの船長のところで休もうと、渡し板を上がったとたん、バッシャーン、何か海へ落っこちる音がする。ちょうど顔をのぞかせたジルカーンと一緒に行ってみりゃ、あなたがアップアップしてるじゃありませんか。慌てて飛びこみましたよ。海水浴は久しぶりです…それにしてもお世継どの、あなたは帝王学で泳ぎは習わなかったんですか？　失礼ながら、こんな静かな海で溺れるだなんて…」

サチム伯は小気味よい調子でしゃべり続け、フェナフ・レッドは皮肉に腹を立てる暇も、助けてもらった礼を言う暇もなかった。

「今回の〝夏至祭〟、私は軍団兵対策の担当でね。軍団長のリークム伯は昔の博打《ばくち》仲間で、少々貸しがあったんです。そもそも、もとファウニス領主のリークム伯は親子二代で賭事狂い、それで身上つぶしてヘルト小伯に領地を売り渡す羽目になったほど。…ともかく私は彼と話をつけ、今回の騒ぎに軍団兵が首をつっこまないよう頼んだわけです。それやこれやで一月《ひとつき》以上前からこっちへ来てたもので、カイン・ニディナの戦に参加できず、あの善良なワンティプルご老体を死なせてしまった。まったく、〝よその屋根の雪を下ろしに行く間に、自分の家が雪崩《なだれ》で潰される〟って、ことわざ通り…おや、今は夏至だ、とんだ季節外れでしたね」

ワンティプルを悼む仕草なのか、サチム伯は頭を垂れ、葉巻からたて続けに煙をあげた。その上物葉巻と、簡素な身なりとのアンバランスを眺めながら、フェナフ・レッドは、

「君はワンティプル老に『しゃれ者』とか『伊達者《だて》』と呼ばれていなかったか?」

「よくご存じですな。ご老体は私の噂でもしていましたか?」

「…ああ」

サチム伯は先の月までカイン・ニディナにいたのだ。大ギルド館の脱出路を古文書で調べて指摘したのも彼――何しろ〈森屋敷〉の抜け道についても以前リファインに蘊蓄《うんちく》を披露しており、そういう方面に興味があるに違いない。この男はいったい、カイン・ニディナやファウニスで民衆の味

方をして、何を企んでいるのだろう。

「さあ、話もつきたし夜もふけた。長々おしゃべりしてすみませんな、お世継どの」

フェナフ・レッドの思いをよそに、サチム伯はそう言って立ちあがった。ジルカーンも立ち、欠伸《あくび》をしつつ船室を出ていく。ジルカーンが黙って去ったので、フェナフ・レッドはうしろめたいような気持ちだった。一方、サチム伯は吸いさしの葉巻を手で弄《もてあそ》びながら、ちょっとの間、その場に立っていた。

「サチム伯…」

フェナフ・レッドはうつぶせのまま、彼の脚だけを見て話しかけた。

「何ですかね、お世継どの」

「君はいつから…」

「少し眠られた方がいい。あなたはお疲れだ。私も甲板で星でも見ながら…」

「君はいつから〝流謫の貴公子〟になったんだ」

「私はずっと、民草を愛し国王陛下に忠義をつくす者ですよ」

「…何を馬鹿なことを」

フェナフ・レッドは目を閉じながら小さな声で言った。サチム伯の心が読めなかった。

「ごもっとも」

「近衛武官を投げ捨てて城を出ていったくせに」

「返す言葉もありません」

「領地も捨てたのか」

「もともと執事に任せきりです」

「クライヴァシアンがのさばるのを見たくないなら、自分の領地にこもってりゃいいじゃないか」

「ウィルム大公がしたように、ですかな？」

「そう、エオルンもアルネブに長居するから、お膝元が剣呑《けんのん》になるんだ」

「ファウニスは事が済んだし、次は剣呑なミルザムへ遠征しなきゃなりませんな。お世継どのもご一緒にいかがです」

サチム伯は半ば独り言のようにつぶやいた。それから葉巻を吸うかすかな音がし、

「じゃゆっくりお休みなさい」

「…サラン」

「まだ何か？」

「〝お世継どの〟という呼び方はよせ」

「あなたも分からないお方だ」

言い捨てて足音が遠ざかり、扉が開閉した。フェナフ・レッドは全身が疲れの中に沈んでいくよう

に感じ、そのまま眠りに落ちた。

4　ダディエムの若き大公

ミルザム島ダディエムの町は、重苦しい空気に包まれていた。ザーナ川のほとり、大公館の南国風の庭の周りに色とりどりの天幕が出現し、さながら大遠征軍の本陣のようだ。その旗印はボーヴォルン伯、ハヴドール・ネーテル伯、アグジャヴル伯、エンタイン伯…ザーナの潤すディーエム平野の領主たちが、おのおの私兵隊を伴って陣取っているのだ。茸《きのこ》に似た天幕の間を、兵士が蟻のように動き回る。これに対し、庭園の石垣沿いは〈銀杯団〉と呼ばれる大公家の私兵が固め、さらに全部を遠巻きにして、ダディエムや近郷の民衆が群れていた。

囲みを作る領主らは、表向き老大公の葬儀と新大公の承継式のために集まった。どちらももっと早く行われるべき儀式だった。ところがエオルン・ウィルムはアルネブに三月《みつき》も滞在し、先にニディナで相続手続きをしたと聞いて、彼らは不満の声をあげた。さらに、アルネブの交易商を「勝手に」ミルザムの港へ招いたり、カイン・ニディナからお尋ね者の商人や〈自由の民〉幹部を連れ帰ったりと、領主たちの懸念材料は増すばかり――「ウィルム家の若殿は、我々に相談もなしに何をするつもりか?」というわけである。

なお厄介なことに、このところ各地で勢いを伸ばしている民衆の結社〝トッカテール〟が、エオルンを味方と考えて、祭の季節でもないのに彼を「歓迎」する騒ぎを扇動した。人気のあった老大公の息子が、自由大胆に振舞ってカイン・ニディナの市民を助けた、とトッカテールは評価しており、かくして百姓は畑仕事を、人夫は普請を放りだし、町の通りに集まって「新大公、万歳」などと叫びだす始末。

エオルンはエンシェン・ハイ港で数日過ごした後、老大公の柩《ひつぎ》を馬車に乗せてしずしずと峠越えしカバグに着いた。ところがその頃から、「柩に亡骸はなく、カイン・ニディナの商人が持ってきた金貨や財宝がぎっしりつまっている」という奇態な噂が広がり始め、人々の興奮は高まってきた。

「エンシェン・ハイじゃ町人やトッカテールの連中に、金貨の雨が降ったんだと」

「若大公と一緒に来たカイン・ニディナの商人ちゅうのは大金持ちだそうじゃ」

「お葬式や承継式でも、きっと潤うぞ」

カバグの先、レイズル川一帯を治めるエンタイン伯は、こうした馬鹿騒ぎは我慢ならないと考えた。彼は他の領主らと相談の上で「カイン・ニディナの不逞《ふてい》の輩《やから》を伴ったままでは、ウィルム家の若殿といえども我が領内をお通しするわけにいかぬ」と言いだした。実のところ彼は少し嫌がらせをすれば金貨財宝のお裾分けが来るかと思っていたが、どうしてどうして、エオルン側からは書状が一枚届いたきりだった——「長年ミルザムの発展につくした父ディオネニイが故郷へ帰るのを阻むとは、忘恩の所業であろう」

「老大公のご遺体は柩にはないというではないか！　若殿のなさりようは、どれもこれも合点がゆかぬ」

エンタイン伯はそう言って、領地境に私兵隊の姿をちらつかせ、あくまで通行を拒んだ。ダディエムでエオルンを待ちかねた民衆はこれを聞くと、若大公救出を叫んでレイズル川へ向かい、あわや戦いになるところだった。

　結局、カバグ領主でもある家令ワルディ伯が奔走して衝突は回避され、エオルンはようやくダディエムに帰りついた。だが事が収まったわけではない。葬儀と承継式を天宮星節の一日（上《かみ》の太陽月の一日）に行う、とエオルンが発表すると、その数日前に黒髪の民の領主たちが私兵を率いて大公館を包囲したのだった。

　囲みの中央で、大公館は沈黙を守っていた。時折、寄せ手の方から
「ウィルムの若殿、姿を見せられよ！」

と声がする。〝若殿〟と呼ぶのは、まだエオルンを大公と認めていないからだ。

「〝トッカテール〟を取りしまり、反逆の徒をカイン・ニディナへ送り返されよ！」

触れ役は領主たちの要求を何度も読みあげた。

「我らの領袖は我らが選び、我らでもりたてるのが習い。我らの意を汲んでくださらぬお方を大公とは仰げませぬぞ！」

　一方、町人や百姓の群れる外縁部からは、

「黙れ山賊兵！　この不忠者めが、首をはねてくれるわ！」

などと、老大公の口真似をした野次がとんでくる。町では誰も彼も仕事どころでなく、女子供まで

小高い場所から包囲を見物するやら、行きかう領主の使いをじろじろ眺めるやら。一度、ボーヴォルン伯の私兵たちが食料品を買いに現れたが、肉屋もパン屋も店を閉ざし、辻を歩けばどこからか石つぶてが飛んできた。

…こうして葬儀も承継式も行えぬまま、太陽月も三日となった。この日も大公館は静まり返り、館の召使いたちは門にほど近い別棟にいて、不安な時を過ごしていた。うだる暑さの午後、大部分の者が広い台所に集まっていたが、用事があるわけでもない。皆はおし黙り、時々窓から門の方や館の方を覗いて耳を澄ませたりしている。

「みんな、おなかは減らないかい」

カストラ小母さんがとうとう沈黙を破った。いつもはリンゴのような頬《ほお》も、今は心なしか血の気が少なく、小麦粉色だ。

「トウモロコシでも焼こうかね」

その時、庭師のヴュアベルが太い指を上げ、

「しっ、聞いてみな」

敷地の外から足音やラッパの音が切れぎれに届いてきた。窓際にいたリーズは目をこらしたが、石垣や木立ちが熱気に耐えているばかり、ただ館に隣接する四階建ての塔の辺りから濃緑の梢《こずえ》をかすめて、一羽の鳥影が舞いあがるのが見えた。

「まあ、鳩が」

「本当？　伝書かしら、助けを求める？」

リーズの声に、女中仲間が身をのりだす。

「野鳩だよ。お館の伝書鳩はニディナへ飛ぶ白鳩一羽きり、まさか都のクライヴァシアン伯に助けを求めるわけないだろ」

下男の一人がだるそうに土間から言った。

「二羽めがいますよ、この間から！」

急に明るい声で、馬屋番のソアグが叫んだ。

「銀杯団の隊長さんが、茶色い地味な鳩をどっかから連れてきたんです。僕が世話係で…、今朝は二羽ともいましたよ。ちょっと行って見てきます」

鳩は北方人貴族が飼いならしており、軍団の通信にも使われる。けれど黒髪の民にとっては蒸し焼きにして皿にのせてしまう鳥で、大公家でも、エオルンが独身の頃ニディナのルウィン王女との文通に鳩を使っていたのを、皆が知っている程度だった。

ソアグは緑に埋もれた庭づたいに、天辺《てっぺん》に鳩小屋のある塔へ行って帰ってくると、

「白鳩だけになってます。新参の茶色はいませんよ！」

「どこへ飛ばしたんだろう」

ヴュアベルは首をかしげたが、他の者たちは、きっと助けが来るに違いない、と少しだけホッとするのだった。

外の小ぜりあいの音はしばらくしてやんだ。そして館を警備する銀杯団の兵士が一人、門から現れて、別棟へやって来た。

「ちょっとした衝突で怪我人が出てな。傷薬はあるか」

薬や包帯をかき集め、兵士はすぐに行ってしまった。その様子に不安が戻った皆は、キラキラ光る鎧冑《よろいかぶと》が埃《ほこり》っぽい小道を遠ざかるのを無言で見送る。

「さてと。そろそろ夕食の準備かい？」

一同の気分をひきたてようというのか、ヴュアベルが台所を見回して言った。

「でもお館じゃみんなお部屋にこもりきりだし、今はワルディさんもいないから、誰に訊きにいけばいいのか…」

カストラ小母さんは珍しく気弱だった。家令ワルディ伯の不在も、召使いたちを心細くさせていた。何でも彼は館が包囲される直前に出かけたというが、誰も行き先を知らない。

のろのろと時が移り、やがて日が暮れた。ようやく本館からルウィンの小間使いが来て、夕食の指示をした。カストラ小母さんはあたふたと燻製《くんせい》肉やパイなどを盆にのせ、リーズたちがそれをワゴンで運ぶ――エオルン夫妻と子供の乳母の分、本館で暮らす数人の家人の分、それにカイン・ニディナからの客人ウェローパ、クルフィオら六人の分。

リーズは本館で、エオルンは塔にいると言われて、そちらへ向かった。渡り廊下から眺めると、遠く門の向こうに焚火の明るさが見える。兵士たちも腹ごしらえをしているのだろう。彼らのたてる物音はしかし、ざわざわと不吉に耳にさわる。一方、塔を取り巻く庭では茂った灌木《かんぼく》に蔓草《つるくさ》がからまり、静かに夜を迎えていた。塔は二、三本の高木を従えて星空をさえぎり、実際より高く見える。リーズは洞窟の入り口のような塔の戸口をくぐる時、不安になった。近頃、暗い岩の洞穴の夢をよく見るのだ。

塔の二階がエオルンの私室だった。中から声がするのに気づいたリーズは少し待ってみたが、話のやむ気配がないのでノックして扉をあけた。すると、奥のエオルンに向かい、

「とにかく、そういう名のお客がいたとは存じませんでした」

甲高い声で言っている背中があった。ふり返ったところを見ると、〈女竜使い〉ヴィオルニアである。彼女はきついまなざしでリーズを見たが、

「入って給仕してくれたまえ。ヴィオルニア、リーズは〈花咲谷《メイチエム》〉村で彼と会ったそうだ。様子を訊いてみたらどうかね」

とりなすように、あるいは皮肉なのかエオルンはそう言った。

彼？　誰のことだ？　ひょっとして…、リーズは女竜使いの視線に気圧《けお》されながら部屋へ入った。

ワゴンを押す指先までが、二人の会話を聞きもらすまいと固くなる。

「…弔問の方々が大勢出入りしていて分からなかったんです。何でもその後〝レッド〟は若旦那さまと一緒にニディナへ行ったとか。今はどこにいるんですか？」

レッドはどこにいるのか！　リーズは皿を並べ飲み物をつぎながらどぎまぎした。それこそ彼女の最も知りたいことだ。

「いったん別れた後、会い損ねたのだ。だが、なぜ訊くのだね？」

エオルンは穏やかに尋ね返した。ヴィオルニアの方は挑むような口調で、

「私、〈廃市〉で〝客人レッド〟と名乗る人物と会いました。一緒にクリーヌ・クルランへ帰ってきたんです」

「何、廃市で？」

リーズはドキリとして、まるで取られては困るかのように葡萄酒《ぶどう》の瓶《びん》を抱きしめた。

エオルンも初めて驚きを見せ、

「では、君が飛竜に乗せたというのは…」

眉間に皺《しわ》を刻んで絶句した。ヴィオルニアはやや意地悪な目でその反応を眺めている。

「なぜもっと早く言ってくれなかったのだ」

「廃市から戻る時に連れがあったことは、申し上げてありました。名前まで尋ねられなかっただけ

のこと。私の方でもまさか、何日か後で客人レッドがお邸にやって来たなんて、最近まで知りませんでした…私自身、あの事件はショックでしたし、人から色々訊かれるしで、部屋に引きこもっていましたから」

ヴィオルニアはそこで一呼吸おき、じっとエオルンを見据えてから再び口を開いた。

「彼は〝王者〟です。竜が敬意を表して受けいれましたもの。でなければ乗ることはできません。もっとも、一度きりの、しかも普通でない事態で決めつけるのは軽率かもしれませんが。彼は何者で、どこにいるんです？」

「それを聞いてどうしたいのかね？」

辛抱強い冷静さでエオルンが訊いた。

「今後また竜がすすんで客人レッドを乗せるなら、私は若旦那さまにお暇をいただくかもしれません。竜使いは竜の選んだ主人に仕えるものですから」

「竜が私より彼を主人に選ぶと？」

「…今まで何度か、竜は若旦那さまを乗せました。でも、それは常に大旦那さまへの奉仕の中で、でしたわ。先日、大旦那さまが亡くなったとお伝えした時も、竜は大旦那さまへの忠心から…」

「まあいい」

エオルンはさえぎった。

「確かに私は父上ほど竜が好きでないし、好かれているとも感じない。だが当主として、乗る資格はあると思うがね。もし竜が主《あるじ》を変えたがっているとしても、せめて今は協力してもらいたい。父上の葬儀を無事済ませるためだ、頼むよ」

彼はヴィオルニアに向かって両手を広げ、軽く頭を下げてみせた。

「それはまあ…できるとは思いますけど」

そんなことまでされて、ヴィオルニアは口をすぼめて答え、それから、

「私、思ったんです――大旦那さまは客人レッドが竜の主だと知ってらした、だから廃市へ彼を捜しに行ったんじゃないかって」

「それは違う、残念ながら」

エオルンは物やわらかに言った。

「父上の目あては別の人物、女性だった」

そして突然リーズに目を向け、探るような奇妙なまなざしで見つめたので、彼女は居心地悪くなって退出しようとした。だがヴィオルニアの次の言葉で足が凍りついてしまった。

「客人レッドが竜の主だとすれば、私、彼の本当の名を言えるような気がするんですけど」

するとエオルンはリーズに背を向けて静かに応じた、

「たとえば殺されたはずの世継《よつぎ》の君フェナフ・レッドだと?」

それまで慎重に言葉を選んでいたヴィオルニアは、ギクッとしてエオルンを見つめた。

「そう、彼はフェナフ・レッドだ」

エオルンはおごそかに言い放った。

「もし彼が王女を伴って都を脱出していたら…それなら話は違っていただろう。ウィルム家は正当な世継と〈歌姫〉に助力して北方やミルザムに大々的に檄《げき》をとばし、クライヴァシアン一派を討つ…その可能性のために私はアルネブに長くとどまったのだから」

彼の横顔は室内の複数のランプに照らされ、その目がキラリと光っている。

(旦那さまはくやしいのだ…お世継さまを擁して大勢の先頭に立ちニディナへ進軍する計画がかなわなかったので)

そう思ったリーズは、大胆な考え方をする自分に驚いた。エオルンは溜息をつき、

「だが何事も起こらなかった。カイン・ニディナで待つ私のもとへ、サティ・ウィン王女から早馬で『花祭の侵入者は誰でもないただの男で、無事に城を去った』と連絡があった。だが彼は現れない。おまけに町はクルマイシェー伯の私兵隊とハイオルンにはさみうちされる、」

彼は一息、間をとって、

「もはやアルネブでできることは何もない。やはり私はクリーヌ・クルランからまっすぐミルザムへ戻り、地歩を固めるべきだった。いや、世継の君を恨みはしないが、おかげで今の事態に追いこ

まれてしまったよ」

「では…世継の君、つまり客人レッドの居所は…」

「ここにおらぬことは確かだな」

「城を出た後で捕まったとか」

「私の聞く限りでは、ない」

ああ、捕まるだなんて！　リーズは再び心配性の彼女自身に返って、首にさげた緑柱石のペンダントを服の上から押さえた。

（これを返さなくてはいけないのに…）

するとなぜかその時、自分が彼の首に神女めいた手つきでペンダントをそっとかける様子が、体験した出来事のように心に浮かんだ。

（そうだわ…いつかあの人はペンダントをつけて世継の君に戻り、お城へ帰る…）

少し後、リーズはヴィオルニアとともに部屋を出た。フェナフ・レッドのことを訊かれるかとびくびくしたが、女竜使いは今聞いた話で頭がいっぱいらしく、リーズの方を見もせずに自室のある上階へ去っていった。

「旦那さまはどんなご様子だった？」

リーズは別棟の台所に帰るなり、待ち構えていたカストラ小母さんに迎えられたが、

「さあ…私には」

上の空で返事してしまった。

（旦那さまはあの人が「ただの男」だとなると、行方を捜そうともしないのだわ）

不意にそんな考えが浮かんだ。

（いえ、まさか。隠密がきっと今も捜しているわ。でももし見つけだしたら、旦那さまは…、『檄をとばしクライヴァシアン一派を討つ』のかしら？）

そして彼女は客人レッドが厩舎《きゅうしゃ》を出ていった時の、観念したような顔を思い出すのだった――「君に会うつもりはなかったんだ、エオルン」と言った彼の苦々しい微笑を。

夏の短夜は何事もなく過ぎてゆき、召使いたちは眠りについた。朝には兵士も天幕も魔法のように消えていてくれぬものだろうか…。だが、翌日もリーズたちの目に映ったのは、居座る私兵隊の料理の煙だった。そして再び長い昼が始まった。

その日も何度か外で小ぜりあいがあり、ざわめきやラッパが聞こえてきた。

「銀杯団と寄せ手の兵がいっせいに斬りあいを始めたら、どうなるんだろう？」

昨日と違って皆は心配を次々口に出した。

「ボーヴォルン伯の私兵は特にたちが悪いというぜ。さっきも旗の辺りで騒いでいた」

「ボーヴォルン伯は旦那さまの地位を狙ってるんだ。自分が大公になりたいのさ」

そんなやりとりを聞きながら、リーズは気をまぎらすために縫いものをしていたが、

「怖いわ。私、家に帰りたい」

奉公に来ている同年輩の娘が泣き声をあげた。

「大丈夫よデイア。旦那さまが半端な地主連中に負けるもんかね。トッカテールの人たちだって味方だし、鳩を飛ばしたりして、旦那さまにはちゃんと考えがおありなんだよ」

カストラ小母さんが励ましていると、

「その鳩が、帰ってきてますよ！」

突然、窓からソアグの頭がのぞいた。彼は今日も鳩の世話をしに塔へ行ってきたのだ。

「何！　どっかから報《しら》せが来たのかな」

「そうに決まってる。デイア、旦那さまは何かおっしゃってなかったかい？」

「昼にお給仕した時には何も…」

皆は鳩やエオルンの胸の内について色々想像しては、時間をつぶすのだった。

疲れた見張りの兵たちが眠けをもよおすような暑さの七点鐘頃、別棟に近づいてくる人影が二つあった。

「傷薬ならもうないよ」

カストラ小母さんが戸口から言っている。

「ああ、薬師を連れてきた。鍋と新しい壷を借りたい。我々の鍋はふさがっとるし、ろくな道具がないんでな」

昨日の兵らしい声を耳にしたリーズは、手伝うことがあるかと思って行ってみた。

やせて日焼けした男が袋を幾つもさげて立っている。その顔を見たリーズはびっくりした。相手の方も彼女に気づき、そっと身をかがめて早口に囁《ささや》く。

「ごきげんよう、リーズ！　炉辺の歌にかけて、頼むから知らんふりをしてください」

それはメイチェム村の居候《いそうろう》仲間ジルカーンだった。彼はのこのこ台所に入ってきて袋の口をあけ、今度は普通の声で、

「娘さん、よかったらこの根っこをね、すりつぶして煎《せん》じるの手伝ってくれますか」

とリーズを傍らに招いた。

「怪我人や暑気当たりが次々出てな、この男に特別な許しを与えて連れてきたのだ」

つきそいの兵士が皆に言っている。

「やっぱり他の者は出入りできんのですか」

「うむ。我らが許してもボーヴォルンの兵が囲みを通さんだろう。この男がこの辺まで薬を売って来られたのが不思議だよ」

「それは私の人徳さ」

小声でジルカーンはリーズに言った。それからもっと声を落として、

「バズや客人レッドも一緒なんですよ。ここまでもぐりこんだのは、ルビアさまの加護のある私だけだけれど。ところで、軍団兵の様子がおかしい。ここ数日やけにあわただしくてコソコソしてるそうだ。私たちが昨日テトムを通った時も騒ぎがあってね。ある百姓が晩のおかずにと鳩を射たところが、射そこねて羽根が五、六枚ヒラヒラ散っただけだった。で、も一度狙おうとしたら、駆けつけた兵士に捕まっちゃった。その鳩は駐屯地に伝書を運んできたそうでね、サチム伯——ニハルで出会った変な貴族だ——彼が言うには、他の軍団か、またはアルネブから指令が届いたんじゃないかって。もし軍団兵が動けば、ここは危険ですよ」

リーズは驚きをのみこんで聞いていたが、おし殺したふるえ声で尋ねた。

「伝書鳩？　昨日？」

「そう。…手は休めずに、かき回して」

「鳩なら見ました、昨日の夕方…ここから飛んでいったわ。あなたの言うのと同じ鳥かどうかは分からないけど…」

リーズは新しい茶色の鳩が昨日放され、今はまた戻っていると説明した。

「ルビアさまの明るいお顔にかけて！　そりゃきっとあの鳩かもしれない！　若大公が、テトム軍団兵へ、鳩を…!?」

「でも確証は…」

「右の翼を見てごらん。羽根が欠けていれば…刻限も同じ、夕方八点鐘と九点鐘の間、そうでしょう。いやはや、炎の踊りにかけて、分からなくなってきた。大公は領主たちと対立し、領主は民衆と対立し、軍団兵はその全部と仲が悪い、だから軍団兵が介入して本当の戦《いくさ》にならないうちに、みんなで大公を助けだそう…って話になってるんだけどな。その大公が軍団に伝書？」

ジルカーンが強い匂いのする薬を煮つめながらぶつぶつつぶやいていると、

「薬師が来ていると聞いたが？」

その声に皆は驚いてふり返り、ダンスでもするようにいっせいにお辞儀した。戸口にエオルン・ウィルムの長身が立っている。召使いたちが食事時以外に彼の姿を見るのは久しぶりだった。

「いや、実はルウィンが夜よく休めないと言っていてね。こんな情況だから無理もないんだが…よい眠り薬があればもらいたい」

「はあ、お安いご用です」

ドキリとしたらしいジルカーンだが、薬の注文と分かって小袋を幾つか取りだした。

「苦くないのを頼む」

「ではこれを飲み物に入れて…」

エオルンは代金の銀貨を渡すと、あっけにとられている召使いたちに薬を託し、一人すたすたと塔の方へ遠ざかっていった。

ジルカーンはそそくさと鍋の前に戻り、できた薬を壷に移した。

「やれやれ。噂をすれば影、ルビアさまも肝を冷やしたね。…とにかく、あなたがここにいると確かめられた。レッドは喜ぶでしょう。きっと助けにきますから、も少し我慢しててくださいよ。私は戻らなきゃ」

しばらく後、リーズはジルカーンに聞いた話を皆にしようかどうか迷っていた。が、召使いたちは突然現れたエオルンの優しき夫ぶりに驚くやら感心するやら、ガヤガヤしゃべっていて、軍団兵の疑惑などとても言いだせない。

それに、〝客人レッド〟がダディエムに来ていると聞いて、リーズはひどく胸をかき乱された。ニディナで別れたきりの世継の君。エオルンが「ここにおらぬことは確かだ」と言ったその彼が、すぐ近くに…、だが多くの私兵たちが間を阻んでいる。じっと待つしかないのだろうか…

彼女は裏手の廐舎でソアグを見つけた。彼ならレッドを知っているので幾分気やすい。早口にすべてを話し、鳩のことを尋ねると、

「すぐ見てきますよ」

ソアグは前と同じにそう言うなり、餌をひっつかんで駆けだした。

リーズはその場にたたずんで空を見上げた。次第に曇り、傾いた太陽は灰色にくるまれて今にも

ドロッと溶け崩れそうだ。妙に静かな夕凪《なぎ》のひととき、庭の草木や花の香が廐舎の馬の吐息と混じり、石垣辺りに重く沈んでゆく。

そんな静止した風景の中をぽつんと動くものが近づいて、ソアグが帰ってきた。

「大当たり！」

彼は塔の上り下りで汗をかいている。

「茶色の鳩、右の風切羽根が三枚抜けてるし、二枚は端がちぎれてる。怯《おび》えて場所を忘れたりせずに、よく戻ってきたもんだ」

「賢い鳥ね。いつの間に二羽めを訓練したのかしら」

「訓練したのは多分、軍団兵ですよ。あの鳩、古巣はきっとテトムだ。よそで放した鳩は、巣に帰ってすぐにまた放すと、前に放された場所や人のもとへ引き返すように、しこんであるんです」

リーズは感心してソアグの説明を聞いていたが、少し考えた後で、

「じゃあ旦那さまは、初めから連絡を取るつもりで、軍団の鳩を借りていたのかしら」

「…そういうことになりますね」

いつもは穏やかなソアグの顔に、何か腑《ふ》に落ちないぞといった影がさした。

夕闇がせまる頃、息苦しいような緊張感が別棟の台所にも忍びこんできた。やがて召使いたちは、門の側で銀杯団の隊長ら数人が話をしているのを発見した。

(いよいよ何か始まるの…？)

リーズたちが遠目に見守る中、銀杯団の兵士がぞろぞろと門を出入りし始めた。彼らがたち働くにつれ、大気はゆるんで生ぬるい風が吹きだす。やがてともされた松明《たいまつ》の光で見ると、門の周りに急ごしらえの柵が作られ、多くの兵が整列していた。

様子を訊きに行ったヴュアベルは、足早に戻ってくると重々しい口調で、

「旦那さまのお出ましだ。領主たちと話しあいをなさるそうだ」

「今頃からかい」

「何かお考えがあるんだろう。ほら、集まってきた」

なるほど、供回《ともまわ》りを連れたボーヴォルン伯、アグジャヴル伯、エンタイン伯などが次々に姿を現し、松明と柵で囲まれた空間に陣取った。入り切れぬ私兵たちは門の外にびっしり待機しているのだろう。最後に、玄関からエオルン・ウィルムが現れ、ひときわ大きな松明の側の台に上がると、何か話し始めたようだった。

「悪い方に転んだら戦にならんとも限らん。男衆は物置から何か持ってきておくんだ」

ヴュアベルの号令で弓矢、猟刀、棍棒などが用意された。それを見ると恐ろしい予感がつのり、リーズはメイチェム村の争議を思い出してふるえた。

その時、リーズは名を呼ばれてふり返った。いつの間に来たのか、ルウィンの小間使いが庭の暗

がりを背に立っていて、食事を持ってくるようにと言った。

「今ですか？」

「ええ、有る物でいいからすぐにとおっしゃるの。それから今日手に入ったお薬をお茶に混ぜて用意してくださいな」

リーズは、なぜカストラ小母さんでなく自分が呼ばれたのかしらと思ったが、その小母さんは、エオルンと諸侯の会見の方をつま先立って見つめている。それでリーズは小間使いに手伝ってもらって食べ物を並べ、薬のお茶も一緒にワゴンにのせて別棟を出た。

「こちらへ。塔にいらっしゃるのよ」

「塔に、ルウィンさまが？」

リーズはまた少し不思議に感じたが、夕闇の中を蛾《が》のようにロイェクを翻して行く小間使いの早足に遅れぬよう、木蔭《かげ》の暗い道にガタゴトと分け入った。

突然、後にしてきた方角で騒ぎの物音がした。気味悪い低いざわめきが津波のようにウワーッと高まってくる。はっとしてふり返ったが、松明の灯りに別棟が輪郭を見せているだけ。だが塀の外で狂ったようにラッパが鳴り、叫び声が次々に重い夜気をつんざいて、

「何事だ」

「裏切りか？」

「攻めてきた！」

「誰かが抜けがけを」

「いや違う。軍団兵だ！」

そして異口同音の怒号、

「軍団兵だ！　テトムの軍団兵が乗りこんできた!!」

とっさに戻ろうとしたリーズは、小間使いに止められた。

「危ない。塔の中へ」

見ると、いかめしい塔の入り口はすぐそこだ。ワゴンもろとも、食器をガチャガチャおどらせて段を二、三歩上がる。

「やっと来たのね！　早く入って」

悲鳴のようなルウィンの声がして、何が何だか分からぬうちにリーズは塔の中におり、小間使いと乳母が髪を振り乱しながら重い石扉にかんぬきをかっていた。

リーズはかんぬきのガシンと閉まる音に一瞬、罠にかかったような不安を感じたが、皆の勢いに引きずられて狭い階段を上り、三階の部屋にとびこんだ（中ではルウィンの赤ん坊が泣き叫んでいた）。窓から見下ろした時、表門から松明の光の中へ、沸きたつ熱湯のように、たくさんの兵士の手や頭がなだれこむのが見えた。幾つもの悲鳴、柵の壊れる音。蹴散らされる私兵たち、右往左往する領主や従者。エオルンの姿は素早く屋内へ消えた。すべてをかきわけ、踏みこえて、強引に突進してくる一団の馬。

「テトムの騎兵隊だ！」

あれよという間に前庭は猛々《たけだけ》しい蹄《ひづめ》に踏みにじられ、人々は逃げまどい、領主らは自分の私兵隊を呼んで必死に怒鳴っていた。

…騎兵たちが静止した時には、領主は残らず外へ逃げ、銀杯団の兵らが立ちすくむばかり。そのただ中で、冑の前板を金に光らせた一人の大男がひらりと馬を下り、何事か指図すると覇者のような大股で館へ入っていく。

「旦那さまは！　大丈夫でしょうか」

女たちは窓にしがみついて口々に言った。

「歌姫神と黒髪の民のすべての神さまに、祈るしかないわ」

ルウィンがふるえる声でつぶやいた。

突如現れた軍団兵によって、エオルン・ウィルムが幽閉された！　という言葉が、館を取り巻く私兵や橋の辺りを埋めた町衆たちの口から口へ伝えられた。囲みを破られたボーヴォルン伯らは歯がみをし、トッカテールを叫ぶ民衆は新たな敵にいきりたった。そうして塔の中でリーズは不安が恐怖に変わるのを覚えながら、せめてこの闇が早く明けてほしいと願ったが、混乱の夜はまだ始まったばかりだった。

「何だと、大公館で葬式をやってるゥ？　この夜中にか」

闇のざわめきに身を任せていたフェナフ・レッドは、仲間の声で我に返った。身動きすると背中の打ち身がまだ痛い。川向こうに大公館を望む、とある納屋の屋根裏で、天窓から顔を出して見張りをしていたのである。

「何か変わった様子、見えるか、レッド？」

「さっきから大きな火は燃えてるが…」

無数の松明やその中央で伸び縮みする赤い火をじっと見ていると、むし暑さや人々の騒ぎも手伝って頭がぼんやりしてくる。

「それが火葬の火だよ。すべては炎に浄められルビアさまに祝福されるなり」

二度めの偵察から戻ったジルカーンの声。武器も持たず包囲網を出入りする彼の大胆さには、皆が呆れたが、本人は薬草師の商売をしているだけだと澄ましている。

「テトムの軍団長ケクフィーエっていう男がすべて取りしきっている。領主たちもおとなしくなって礼服に着がえてね、ボーヴォルン伯なんか、歯痛にでもなったような顔で、また門を入っていった」

「若大公はどんな様子だった？」

剛力《ごうりき》グロッシーが訊いた。その時までに、男たちは全員集まってきていた。カイン・ニディナを脱出した仲間にティーラやファウニスで加わった者を合わせて三十名余り。

ウェローパやクルフィオらの消息を求めていたグロッシーは、ファウニス占領の翌日ただちに仲間をつのってフライシュの父親の船で出発し、ディンウェーからザーナ川をさかのぼった。川筋は街道から小道まで人々が動き回り、噂が乱れとんでいた。一行はテトムでいったん下船して情報を集め、サチム伯ら数人が〝トッカテール〟に協力して軍団兵を見張るためにとどまり、残りは夜通し船を漕いでダディエムにたどりついたのである。

「若大公？　彼は家に逃げこんだきりさ、葬式には出てるだろうけど。私は怪我人の手当てででんてこまいでねえ。今、フォディが見張ってるよ。この後の承継式もケクフィーエ大将が仕切るみたいだね。打鐘《うちがね》をガンガン叩いて『王の代理たる軍団兵の立ち会いのもと式を行う。信任の杯を回す諸侯は入れ』なあんて、大変な威圧力さ」

フェナフ・レッドは見張りを続けながら眉根に皺を寄せて話を聞いていた。

（無事だろうか？　大公館にはルウィンや赤ん坊もいる。…馬屋番のソアグ、庭師ヴュアベル、それにリーズ…）

〝ただのレッド〟としてはエオルンよりも、クリーヌ・クルランで親しくなった召使いたちのことが案じられてならない。

　一方、仲間たちは口々に感想を述べあっていた。

「結局、軍団兵にしてやられたってわけか」

「速攻だったものな。やつら、俺たちのすぐ後に川を上ってきたらしいぜ。サチム伯の見張りも裏をかかれたか。陸路ならともかく、船とは……」

「ケクフィーエってやつ、やり手なのか？　承継式をしてやれば若大公に貸しができる。そのうち領主たちを牛耳るつもりかも」

「いやいや、クライヴァシアン伯が背後にいるのさ。軍団兵を通してミルザムをものにする魂胆だろう」

　「さあて、真相はどうかなあ」

剛力グロッシーが一同をぐるりと見渡して、含みのある表情で言った。

「鳩の話、聞いただろう。テトムと大公館の間で伝書が行き来しているとしたら？」

「どういう意味だ、大公と軍団がなれあってるってことか？」

鋭くバズが訊いた。

「ジルカーンによると、夕方、大公は急に話しあいをすると言って領主を集めた。ところが始めたとたん、軍団兵が突入してきた」

「ルビアさまの明るいお顔のように、松明が赤々と燃えあがったからねえ、みんなそっちに注目していた。そこへワッと背後から…。やつらは川岸の船にひそんでいたんだ。松明が合図ってわけ」

ジルカーンが説明し、グロッシーは周りの顔を一つ一つ見ながら、

「俺はミルザムについちゃあ詳しくないが…、造反しそうな領主、争議好きの民衆、そして軍団兵。この三つのうち二つに囲まれたら、残る一つに助けを求めるのが一番だ」

「けど〃民衆〃は領主どもから若大公を救いだそうとして集まってるんだぜ！」

仲間の一人が言った。

「そう、だが民衆はまだ十分には強くない。領主と軍団兵の両方を敵に回すよりは…。若大公は戦略家だなあ。彼をめぐって三つ巴《どもえ》の戦いにでもなれば、互いに力をそぎあって、彼には御しやすくなる」

「待ってくれ」

グロッシーの話に皆が息をのむ中、フェナフ・レッドは思わず声をあげた。

「エオ…ウィルム大公が軍団となれあってると決まったわけじゃない。伝書にしたって、軍団兵の介入を阻止しようとして出したのを、ケクフィーエが『加勢してほしければ主導権をよこせ』と脅迫したのかも…」

しかし。言いながら彼は、自分の言葉に空しさを感じた。クリーヌ・クルランで彼のことを「どう

したら一番いいのか」と言っていたエオルン。包囲された人々を尻目に、ゆうゆうとカイン・ニディナを出ていったエオルン。

「おどされてるのはむしろケクフィーエじゃねえのか？　大公どのをお守りできず騒乱が広まったりすりゃ、クライヴァシアンのおとがめがくるだろうぜ」

バズはそう言って肩をすくめた。

「そう、大公は軍団を騒ぎに巻きこんだ。ごたごたが続くとクライヴァシアン伯だって頭が痛いだろうしなあ、うまく立ち回ればかえって大公の力は強まるってことも…」

「じゃ若大公はクライヴァシアン伯に挑戦してるわけだ。その実、彼にとってかわりたいのかもな」

聞いているフェナフ・レッドの胸は苦しかった。彼は今まで、エオルンがおのが地所の安泰以上に何か望んでいるなどとは、考えてもみなかった。だがクライヴァシアン伯はニディナの実権を手にした今、ウィルム家をライバル視している。そして…、エオルンは混乱に乗じミルザムの宗主として勢力を強めるつもりなのか。名門の血筋と王女の夫という立場を利用すれば、黒髪の民とはいえレープスの執政者にだって…

「まさか！　エオルンはそんな男じゃないはずだ」

彼はすっかり見張りを放棄し、宙を見つめてそう口走った。するとそれを耳にとめたバズが、じろ

りと視線を投げてよこし、

「『エオルン』か、レッド。あんた、やつの友達かい」

「え!?　僕は何も…」

「あんた、メイチェムの争議の後でウィルム家にリーズを訪ねたそうだが、彼女に会うためだけだったのか？　…若大公が出港する直前にカイン・ニディナ近くに現れたしな」

バズの声は静かだが凄みがあった。

フェナフ・レッドは思いがけぬ追及にドキリとしたが、腹も立った。

「僕がどこにいようと、君に一々理由を説明する義務はない」

硬い表情で言い返したが、バズはひるまず、

「若大公の本当の狙いは何だ、レッド？　知ってんじゃねえのか？　領主どもや軍団兵とのだましあいは勝手だが、トッカテールやお人よしの町衆を巻きこむのは許せんぜ」

「僕は知らない、そんなことは」

「まあ、それくらいでやめておけ…」

剛力グロッシーがなだめ顔で割って入った時、下の戸口から鼻にかかったほえ声がした。

「大変だよ。処刑されちゃう」

それは赤い舌を垂らしてとびこんできた狼のフォディだった。頭に響く彼女の〝声〟は、息切れ

している。

「ウェローパも、クルフィオも、他の四人も、朝一番で、殺されるよ、玄関先で」

「何?」

「軍団長と、領主たち、両方が要求した。さもないと、新大公とは、認めないってね」

「エオルンはそれをのんだのか」

フェナフ・レッドの問いに、フォディはやっと舌を引っこめてうなずいた。

「早く誰かに知らせた方がいいよ。大勢でかかれば助けだせるかも」

「だが兵隊がびっしりなんだろう」

「軍団兵はね。でも私兵隊の方は夕方の騒ぎでぐちゃぐちゃだよ。倒れた天幕もあるし、怪我人や逃げだすやつも多い。儀式を終えた領主たちも、寝場所を確保するのがやっと。威厳だけは取りつくろってるけど」

慌てて天窓から首を出してみると、なるほど火葬の火は縮まって、ポッチリと血の染みのようである。

「えらく短い葬式だったじゃねえか」

バズの声に、フェナフ・レッドは唇をかんだ。焼かれたのは空《から》の柩だけなのだ。皆は承知の上で早々と切りあげたのだろう。

馬に乗ったグロッシーが狼を従え、トッカテールの幹部に知らせようと駆けだすのが見えた。人々は「我らが大公」の救出を叫んで、夜通し広場や橋に集まっているから、トッカテールが号令すれば大公館へおし寄せ、軍団兵と衝突するだろう。そして双方傷つき散々戦った末にエオルンは笑顔で「救出」され喝采《かっさい》を受ける——その有様を予想して、フェナフ・レッドは深い溜息をついた。

塔の一室では、乳母がルウィンの赤ん坊に、細い声で歌を聞かせていた。

つめくさ香る　春の野辺《のべ》に
来ませ　旅人　まだ日は若い
疲れし馬を　憩わすあいだ
われに語れよ　外国《とつくに》の便り

つめくさは　結びし約束《ちぎり》
旅人神の愛のしるしよ

囁くほどの声に、ランプの灯がかすかにゆらめく。心細さがひしひしとつのり、リーズはたまらなくなって、寝支度をしているルウィンに言った。

「あの…ご用がなければ私、別棟に戻ってもいいでしょうか？」

ルウィンは小間使いに髪をとかせている。葬儀と承継式は先ほど終わり、正装で出席した彼女も再び塔に戻っていた。本館は軍団兵が宿営していて騒がしいので塔で寝ることになったのだが、本当の理由は、

「万一の時ここが一番安全なのよ、リーズ。軍団兵や私兵がこんなにいると、何が起こるか分からないわ。エオルンもケクフィーエ軍団長も、わざわざ狭い塔で休むというんだから。あなたもこの部屋で寝ていいのよ」

「でも別棟には皆がおりますし…」

リーズにとっては、召使い仲間と離れてこんな暗い塔に閉じこもる方が、よほど不安だ。

「じゃエオルンに訊いてごらんなさい。あなたを呼ぶようにと言ったのは、あの人ですもの」

（旦那さまが私をここへ？　なぜ？）

リーズは急な階段を下り、エオルンの私室の前に立った。と、中からまた声がもれており、彼女はつい立ち聞きしてしまった。

「いや、式がとどこおりなく済んでホッとしました。感謝しますよ、軍団長」

「なんの、事情はワルディ伯にお聞きしていましたし。こちらもミルダイン伯から、ウェローパら

の処置を命じられていたので、大公ご自身がお尋ね者を処刑して事が収まるのなら好都合。ニディナへ報告すればクライヴァシアン閣下も安堵《あんど》なさるはず」

「若輩の私が諸侯をまとめていくのに、今後とも軍団を頼りにしています。…さて、夜明けまで少しでもくつろいでください。うちの銀杯団の者にも、軍団の方々と交替でよく見張るよう申しつけてあります」

声は途切れ、しんとした。リーズは怖くなってそこを離れ、一階まで下りてしまった。エオルンはやはり、軍団と気脈を通じていたのだ。あの騎馬隊突入や、軍団主導で強行された儀式も、彼の計画の内だったのか。リーズは、土間に並んだ大きな水がめの側の腰かけに座りこんだ。一階には窓もなく、出入り口はかたく閉ざされて牢獄のように感じられる。塔はもともと敵襲に対する避難所として造られ、水や酒、食料の貯えもあった。戦乱に明けくれる南の国から黒髪の民がレープスに渡ってきた時、館の脇に塔を構える習慣も持ってきたのだ。

(こんな所にご家族を移すなんて、旦那さまはまだ何か危険を予見してらっしゃるのかしら。それに朝には、お客さまだったウェローパさんたちを処刑しようというのだ…)

「リーズかね？　どうした、ルウィンの部屋に寝場所がないのか？」

ハッと彼女は椅子からとびあがった。階段を下りてきて彼女に声をかけたのは、エオルンだった。

「え、いえ…」

「ちょうどいい、これを洗っておいてくれたまえ」

彼がさし出したのはお茶の容器と使ったカップで、

（これはルウィンさまの眠り薬をいれた…）

だがエオルンはさっきまで部屋でケクフィーエ軍団長と話していたはずだ。

（どういうこと？）

リーズはかめの水で茶器を洗った。一方エオルンはきびきびした動作で戸口へ行き、鉄のかんぬきを外した。

「あの、私…」

リーズは別棟へ帰りたいと言いかけたが、エオルンが扉をギイを押しあけるや、待機していたらしい銀杯団の兵士が五、六人、音もたてずに躍りこんできた。儀式の終わった時は軍団兵が警護していたのに、いつの間にか交替したようだ。

「二階の私の部屋だ。眠っている。今のうちに縛りあげてしまえ」

「承知しました」
ザ、ザザ、とおし殺した足音で兵士らはリーズの前をじゅずつなぎによぎり、狭い階段を上がっていった。エオルンは平然とまた戸締まりをしながらリーズに言った。
「ここは物騒だ。三階のルウィンの部屋か、四階のヴィオルニアのところへ行っていなさい。心配はいらないから」

翌日は、いつ日が昇ったのかよく分からなかった。汚れた綿を思わせる雲の下で空気は淀み、寝不足の兵士たちは汗をぬぐいながら、館の玄関前にせっせと新たな薪を積みあげていた。老大公の葬儀のため必要以上に準備されていた薪である。

やがて軍団兵、領主らとその手勢、銀杯団の兵士などが集まり始めると、疲れの中にも今から行われる処刑への緊張と好奇心が高まっていった。何しろここ一月《ひとつき》来、ミルザム中を巻きこんだ騒動の結末、カイン・ニディナのウェローパ、クルフィオ他四名が反逆罪で火あぶりになるのである。

橋向こうの町でも、興奮が水滴のふくれるように張りつめつつあった。先行隊が騒ぎを起こして処刑を阻止したら、町衆たちも突入し、カイン・ニディナの六名及びウィルム大公その人をも、軍団兵や私兵の手から救いだそうという計画だ。

「雷だ。雨になるかもな」

私兵のかぶる丸い冑の下から黒髪をのぞかせたバズが言った。

「とにかく早く始めてくれ。暑くてたまらん」

「ジルカーンのやつ、本当にうまくやれるのか?」

「おいおい、静かにしろよ」

剛力グロッシーの囁き声が仲間たちのひそひそ話を制すると、ゴロロロ…という遠雷が、フェナフ・レッドの耳にも届いてきた。

薪の山の前に雑然と並んだ私兵の集団に、彼ら〝先行隊〟十人はまぎれこんでいた。昨夜の軍団兵突入ですっかり統率の乱れた私兵に混じって、かき集めた鎧冑や旗印を身につけ、右へ向いてはアグジャヴル伯の手の者だ、と名乗り、左へはエンタイン伯の別働隊でして、などと言いながら、うまうまと門内へ進入したのである。

フェナフ・レッドも逃亡兵から奪った胴鎧を着て立っていたが、背中の傷に重く当たる上、汗が虫のように肌を伝って気持ちが悪い。だが頭の中は近づく嵐に感応してかピリピリと冴え、少し離れたところに薬袋をさげて立っているジルカーンを油断なく見ていた。彼が口火を切る役だ。

やっと兵がざわめいて道をあけ、〝反逆者〟たちが引きだされてきた。全員が健康そうで身なりもよく、昨日までは丁重にもてなされていたことが分かる。恰幅《かっぷく》のよい中年の二人がウェローパ商会の主《あるじ》と豪商クルフィオらしい。彼らは激しく怒鳴り、恐怖と怒りでゆがんだ顔をあちこちへ振りむけていた。他の四人は無抵抗で——ふてくされた顔、覚悟を決めた顔、信じられないといったぽかんとした顔、恐怖に気を失いそうな顔。

見物人の間を静寂が走りぬけた。注がれる百の目、二百の目にからめとられて、静かだった四人も突然叫び始めた。

「嫌だ！　助けてくれ」

悲鳴は灰色の空に矢となって刺さる。不気味な雷鳴がゴロゴロゴロ…とせまる。うず高い薪の前まで来た時、ウェローパかクルフィオかがひときわ大きな声で、

「こんなことは許されん！　大公はどこだ」

すると、待っていたとばかりにエオルンが本館から姿を現した。正装で、頭には羽根飾り。彼は女竜使いのヴィオルニアだけを従え、非難と懇願のないまぜになった六人のまなざしにびくともせず、口を開いた。

「これより処刑を行う。これはクライヴァシアン伯の意向を代弁するテトム軍団と、黒髪の諸侯らの強い要望を、私、第八代ウィルム大公が聞き届けるものである。六名を薪の上へ！」

「おい、軍団のケクフィーエって大将はどいつだ？」

不意にバズがフェナフ・レッドをひじで突いて尋ねた。六人が木の柱に縛りつけられるのを、皆が注視していた時だった。フェナフ・レッドはそっと見回したが、ケクフィーエの顔は知らないし、それらしい身なりの人物も見当たらない。

「火を持て」

エオルンの命令に、松明を掲げた兵が薪の山に近づく。その時、同じ疑問を持ったのか、緑の冑をつけた兵が一人、進みでた。

「あれは副官だ。軍団長なら緑に金のふちどりがある…」

フェナフ・レッドは囁いた。こんな知識を披露《ひろう》すれば、ますますバズにうさんくさがられるだろうなと思いながら。

副官が声を出したのと、彼に気づいたエオルンが急いで命じたのとは、ほぼ同時だった。

「軍団長はどちらに？」

「火をつけよ！」

ジルカーンがそっと薪の陰にかがむのが見えた。片手に楕《だ》円形の赤い竪琴、もう一方の手には袋からつかみ出した赤土の塊。

「ケクフィーエ軍団長はどうされた？」

副官がくり返す。炎が薪に燃え移り、囚人の悲鳴が高く低く響いた。

「軍団長？」

エオルンはかすかにニヤリとした。その長身の背後でヴィオルニアが片手を伸ばして天を仰いでいるのに、フェナフ・レッドは突然気づいた。

（飛竜を呼んでいる…⁉）

「彼はお休み中だ。私がこれを預かった」

そう言ってエオルンが高く掲げたのは、金ぶちの冑と金の房飾りつきの剣。

「何ッ」

副官は一瞬ひるみ、軍団兵らは驚いてエオルンを見た。刹那《せつな》の静けさにまた雷が鳴り、パチパチと薪の燃えはじける音が続く。

「早く、ジルカーンめ」

仲間の誰かがつぶやいた。だがジルカーンは土くれを持ったまま、空を見ている。と、どす黒い嵐雲のうごめく中から、夕暮れの赤光に似た一条の光がエオルンの前に落ち、燃える火と相まって、手にした冑と剣をこの世の物ならぬ宝のようにきらめかせた。

つむじ風に炎が流れ、嵐のような風音をたてて、幻の空から飛竜がみるみる近づき着地すると、ほぼ全員が後ずさった。

「軍団兵よ、黒髪の諸侯よ！」

素早く竜使いとともに飛竜の背にとび乗ったエオルンが、辺りを圧する大声を発した。

「今や私が竜の主、黒髪の民の領袖である。さて、報せが一つある。夜明け前に鳩がテトムから伝書を運んできたのだ」

エオルンは舞台俳優さながらに一度言葉を切って息を整えた。そして、

「軍団兵諸君。君たちの帰る場所はなくなったぞ。よいか、テトム駐屯地は本日二点鐘に陥落した。ワルディ伯が今は秩序の回復につとめ、虜《とりこ》となった残留兵を丁重に数えている。テトムはワルディ

伯の手勢と〝トッカテール〟の民衆によって陥《お》ちたのだ」

言葉にならないどよめきが、打鐘の反響のように兵士に伝わり、増幅されていった。

「冗談…を」

副官が上ずった声を出したが、それ以上続かない。呆然とした兵士らの冑に、その時ポツポツと最初の雨粒が落ちてきた。

「嘘ではない。じきに早馬も来るだろう。テトム要塞はもともと我が父祖が出城として築いたもの、よって今日この時をもってウィルム家に返していただくことを私は宣言する。逆賊クライヴァシアンの手先となる軍団など、ミルザムには要らぬ。そうではないか、黒髪の諸侯よ」

逆賊、という刺激的な言葉は電気のようにその場を走りぬけた。フェナフ・レッドは唇をかみ、同じ言葉をニディナ城の前庭で自分が発したことを思いながらも、じっと待っていた。今は六人の救出が大切なのだ。火はじりじりと薪の山を這いのぼっている。

「新大公の言、相分かった。ミルザムの安寧と発展のため、我らは新大公のもとに集いますぞ」

いち早く、ザーナ川下流の領主アグジャヴル伯が声を張りあげた。

「何とまあ、変わり身の早い」

剛力グロッシーが呆れてつぶやいた。

「それはそれとして、処刑はどうするのだ。我らは本来、このたびの騒乱の元凶たるカイン・ニディナの輩を裁くために集まったのではなかったか」

今度はエンタイン伯が試すような口調でエオルンの方を見て言った。

「処刑は順調に進行中だ」

エオルンは即座に答えた。竜の上の彼と竜使いだけは降りだした雨にぬれもせず、時折その姿は奇妙にゆらいで見える。

「裏切り者！　我らに協力すると言ったではないか」

六人は怒りと絶望の言葉をはきちらした。エオルンは初めて彼らに目をやり、

「約束を果たせず残念だ。だが新大公承認のいしずえとして、君らの死は無駄にしない」

静かに言ってのけた。

フェナフ・レッドはこの一言に堪忍袋の緒が切れる気がして、思わず声をあげかけた。が、その時ジルカーンが行動を起こした。右手で女神の土を火に投げ入れるや、突如ゴオーッと雲つくほど伸びあがった炎の前に躍りでて、ジャラーンと竪琴を鳴らす。

「大地の血潮、猛き炎《ルビア》の女神よ！　この惑わしと偽りの庭に真の裁きをもたらしたまえ」

突然の火勢にワッと一同はとびすさった。飛竜もバサリと羽を広げる。

「今だ！」

剛力グロッシーが怒鳴ってとびだした。

「よくやるぜ、ジルカーンのやつも」

バズが言いながらさっと猟刀を抜き放つ。

フェナフ・レッドも薪の山へ突進した。竪琴の和音が炎を操り、彼らには道をあけ、よそでは障壁となる。フェナフ・レッドは縛られた六人だけを見て進み、煙にむせながら次々と縄を切った。仲間も駆けつけて六人を支え、ジルカーンは皆の周りに炎の幕をめぐらした。その向こうで軍団兵は、踊り狂う炎にわけも分からず斬りかかる。その他に一角から鋭い矢がいっせいに放たれて、……どうやらそれはボーヴォルン伯の私兵たち、しかも狙う的は竜上のエオルンだ。ところが矢はどれも竜の鼻先でフッとかき消え、射た者を驚かせた。エオルンは余裕の表情で、

「ボーヴォルン伯、謀反かね？」

それを聞いて銀杯団の兵士らがボーヴォルン伯の方へ殺到する。他の領主はてんでに右往左往し、すべての上に雨と火の粉がめまぐるしく降り注ぐ。

「このままじゃ動けない！」

炎の輪の内で、フェナフ・レッドは流れ矢を避けながら叫んだ。次第に火熱が肺を圧迫し、視界もせばまる。

「ええい、息ができん！」

バズは薪の山の天辺に登って弓を構えた。

「下りろ、的になるぞ！」

火から頭一つ突き出した彼を見て、フェナフ・レッドは叫んだが、

「俺だって当てられねえのに、向こうのが当たるか！」

バズは矢のつきるまで射続けた。

「薪が全部燃えたら終わりだ！」

こちらではジルカーンがあえいでいる。その時、狼のフォディがピンと耳を立てた。

「聞こえる！　門の外から、町のみんなの足音！」

待機していた民衆がようやく橋を越え見張りを突破して、おし寄せてきたのだ。

「トッカテール！　トッカテール！」

という鬨《とき》の声。と同時に、

「暴民どもだ！　おさえろ、鎮めろ！　これは大公の謀略だ…」

副官らしいヒステリックな叫びに、軍団兵がいっせいに民衆に襲いかかったようである。ジルカーンは炎の壁を一方に開き、トッカテールの先鋒《せんぽう》とフェナフ・レッドたちを合流させた。すると雨を含んだ突風が火の破れ目からドッと吹きこんで炎が横へボオーッと流れ、本館前にいるエオルンと竜を巻きこむかと思われた。

が、炎は川の中の石に当たった流れのように飛竜を迂回すると、その先でまた一つになってとう

とう館の玄関扉に燃え移った。

「ええい、化け物め！」

フェナフ・レッドの耳もとを怒声がよぎり、殺気だったボーヴォルン伯が炎をものともせずに竜の方へ突撃していく。

（そんなにウィルム家を倒したいのか…）

助けた六人とともに門の方へ後退しながら、フェナフ・レッドはちらりと思った。他の領主たちはまごつくか、大公側についているようだが、ボーヴォルン伯ばかりは大公も軍団兵も民衆も、すべて敵に回して大乱闘を演じている。フェナフ・レッドは半ば感心して眺めたが、次の叫びを聞いてはっとした。

「塔だ！　塔にいる息子と奥方を捕えろ！」

突進しても斬りつけても届かない、不可思議な空間にいるエオルンを攻めあぐねたボーヴォルン伯が、急に矛先を転じたのだ。見ると伯の私兵隊はなだれをうって奥庭へ向かっており、先頭は別棟の辺り、今しも召使いたちが棍棒で防戦し、あるいは逃げまどうのに、光る刃を振りかざして打ちかかっているではないか。

「まずい！」

フェナフ・レッドはそっちへ駆けだそうとした。だが多くの兵に押し流されてしまう。その間にも庭師ヴュアベルらしい巨漢が剣を胸に受けてよろめくのが見える。

（ヴュアベル…ソアグ…リーズ！）

その時フェナフ・レッドの視界に飛竜の灰色の翼が映った。虚空につんのめる敵を尻目に、エオルンが竜の背から銀杯団の兵を指揮している。その側ではヴィオルニアが、どうやら苦労して竜をなだめているようだった。

フェナフ・レッドは彼女を見たとたん、廃市で竜に乗った時のことを思い出した。

「後を頼む」

彼は仲間たちにそれだけ言うと、剣を振るって道を開きながら飛竜の方へ向かった。幸い大きな翼の先がすぐそこだ。

「ヴィオルニア！　〝白雲号〟！」

ありったけの声で叫ぶ。傷痕《あと》のある左手をさしのべると不意にひんやりした空気に触れ、次の瞬間、水に飛びこんだ時のように、フェナフ・レッドは見えない障壁を抜けて竜の側に立っていた。周囲の騒ぎが急に遠のき、

「あなたは！　〝客人レッド〟!!」

ヴィオルニアのすっとんきょうな裏声が耳にとびこむ。エオルンはまったく虚をつかれ、ぽかんと口をあけて彼を見た。

「飛んでくれ、ヴィオルニア、別棟だ。私兵を追い払って…みんなを助けるんだ」

竜は皺だらけのまぶたをしばたたいて彼に鼻面を向けた。フェナフ・レッドはその首に乗り、腕を大きく振ってもう一度怒鳴った。

「飛んでくれ！　すぐそこだ」


玄関前で騒ぎが始まった時、リーズは塔の三階から両手をねじりあわせて下の光景を見ていた。飛竜とエオルン、六人の囚人、あとの兵らは群がる虫のようにひとかたまりに見える。燃える火の周りでひしめく甲虫。だがボーヴォルン伯の私兵が別棟へ攻め寄せてくると、高みの見物どころではなくなった。カストラ小母さんたちがバラバラと庭を横切って塔の方へ逃げてきたからだ。

最初、塔を警護している銀杯団の兵たちは、扉をあけるのをためらった。その間に私兵は男たちを斬り払ってつき進んでくる。

「塔だ！　塔にいる息子と奥方を捕えろ！」

悪鬼のような形相のボーヴォルン伯の命令が響き渡った。

「どうしましょう…！」

ルウィンの小間使いがすすり泣いた。

「大丈夫…こちらだってケクフィーエ軍団長を人質にしているんだから…」

ルウィンは青ざめた顔でそう言って、赤ん坊の揺り籃《かご》のふちを握りしめている。

（ああ、さまよう神クロヴィーさま、月の乙女のダイアさま。皆をお守りください）

リーズはドキドキする胸に手を当てた。するとロイェクの布を通して、肌身離さず首にかけている緑柱石のペンダントが感じられた。

（レッドさん…）

戦いや雨の音に混じって雷鳴がとどろいた。とたんにリーズは何か強い不安につき動かされると、ルウィンの側へ駆け寄った。

「ここは危ない、危険です。外へ出て逃げなければ。ここはだめです」

自分でもなぜそれほどこの場所から離れたいのか分からぬまま、彼女は叫んでいた。

「何ですって、今そんな…」

小間使いが金切り声を出す。が、ルウィンはびくっと顔を上げ、夢を見ているような目をリーズに向けてから、頭を振って我に返った。

「…ええ、そうね。危ないわ、ここは。…私、今くらくらして…亡くなった母さまの顔が見えたわ。外へ出なさいと言っていた。さあ、坊やをだっこして。行きましょう！」

「でも外には兵隊が。いけませんわ、とても…」

ルウィンは小間使いや乳母の制止に耳を貸さず、赤ん坊を自分で抱きあげて部屋を出た。リーズは夢中で後に続き、階段を一気に駆けおりた。喧噪《けんそう》と雷雨が身近にせまり、塔全体がドドド…と低いうなりをあげている。

一階にいた銀杯団の兵は、驚いてルウィンを押しとどめようとした。が、ちょうどその時、外の召使いたちを入れるため、扉の側の兵士がかんぬきを外した。もみ合いの中で扉は勢いよく開き、入ろうとするカストラ小母さんたちと、出ようとするルウィンとが鉢あわせする。甲高い悲鳴と押しあい、兵士の怒声、そして雨粒をはね散らして走ってくる大勢の靴音、吹きこむ激しい風…

気がつくとリーズは出入り口を二、三段転げ落ちており、目の前に泥だらけの兵士の足が入り乱れていた。髪に頬に、雨が冷たい。

「リーズ！」

カストラ小母さんらしい声が呼んだ。彼女が立とうとした時、ドン！　と何かが背中にぶつかった。ロイエクの裾が足にからまり、地面に手をつくと、ズル…と手のひらが滑る。折しも稲光がめまいのように辺りを明滅させ、彼女は自分の手が真っ赤なのを見た。血だ。すぐ側に銀杯団の鎧をつけた兵士が仰向けに倒れ、冑のとんだ首から血が飛び散ってリーズのロイエクを汚していく。

（助けて。誰か）

目の前がよく見えない。耳の奥にガーンと雷鳴が炸裂《さくれつ》する。突然、巨大な影が覆いかぶさり、リーズの体は荷物のように誰かにかっさらわれた。

「キャアアア…」

リーズには自分の悲鳴が聞こえなかった。

バリバリ、ドカーン…

塔に光の槍が天から突き立った。辺りはぎらつく白光で一刹那カッと照らされ——その凶々《まがまが》しくも美しい光景をリーズは空の上から見ていた。

「僕だ、リーズ。レッドだ」

耳もとで声がした。

（レッド？　レッドさん⁉　…ああ！）

とたんに彼女は力が抜け、気を失った。

5　とらわれの姫君

雪どけ水を集めたせせらぎが家の中まで聞こえる、山あいの静かな谷は、リーズが幼い頃を過ごしたなつかしい場所だ。祖母と母と弟との四人家族。時々、土手道を踏みしめて、川下から父さんがやって来る。

つめくさ香る　春の野辺《のべ》に
来ませ　旅人　まだ日は若い
疲れし馬を　憩わすあいだ
われに語れよ　外国《とつくに》の便り

つめくさは　結びし約束《ちぎり》
旅人神の愛のしるしよ

蜜蜂うたう　夏の野中に
来ませ　旅人　まだ日は高い
社の香《こう》の　燃えつきるまで
われと座れよ　樫《かし》の蔭《かげ》

蜜蜂は　みのりの証《あかし》
旅人神の愛の甘さよ

茨《ばら》の実赤き　秋の野末《のずえ》に
来ませ　旅人　はや日が沈む
夜の森路《もりじ》へ　踏みゆく前に
われに誓えよ　忘れじと

茨の実は　残る心よ
冬こえて　春を待つらん

黒髪の民のこの古い歌を、母はよく歌ったものだ。幼な心にリーズは、旅人というのは父さんのことだと感じていた。

色々なことが起こり始めたのは、リーズが十五の時だった。父の縁故で彼女は、ウィルム家のニディナ南邸に奉公に出た。間もなくその父がハイオルンで死んだという報《しら》せ。そして翌年には母が

病気で亡くなった。死ぬ前、駆けつけたリーズに母は白い小さな笛を渡して言った、

「これはあなたのお守りよ。大切にして」…

夢の中に、弟のヒアリイがいた。もどかしそうに何か言っているが、聞こえない。母が死んでから ヒアリイは変わってしまった。隠し事をしているかのように無口になり、いつもいらだって、よそよそしい感じがした…

リーズは目をあけた。静かな明るい部屋の、居心地よい寝台に横たわっている。そっと身を起こすと、すべすべした真っ白い寝間着を着ていた。室内には使いこまれて艶《つや》の出た木彫豊かな家具調度が整っていたが、主《あるじ》のないまま長く放っておかれたように、どこかうら寂しい。棚の古い書物の背は色あせ、桟《さん》には薄く埃《ほこり》が積もっている。

(どこかしら?)

リーズは心細くなって寝台を離れ、日に焼けた刺繍《ししゅう》布を垂らした窓から外を眺めた。大公館ではないがここも塔の上階らしく、晴れた空の下は田園風景、遠く流れる川が傾いた日ざしにきらめいている。ミルザム島をよく知らないリーズには、どこなのか分からなかった。次第に大公館での悪夢めいた混乱を思い出し、体がふるえる。

屋内に目を移すと、壁に架かっている肖像画に気づいた。タペストリーでなく黒髪の民風の絵画だが、それは北方人の若い姫君の、すばらしく美しい全身像だった。淡い金髪は羽毛のように肩で

躍り、夢見るような、少し悲しげな瞳は先ほど見た夏空の青。彼女はその絵にひきつけられ、真近で見つめた。ゆるんだ口もとは物言いたげで、顎《あご》はとがってロイェクの襟もとに影を落とし…、リーズは信じられないものを見つけてはっとした。金糸の縫いとりのある胸に、リーズが母からもらったのと同じ白い笛が、綾紐で首からさがっているではないか。

リーズは我知らず胸がドキドキして寝台に腰を下ろした。頭の芯がむずがゆく、じっとしていられない気分だが、部屋を出ようにも着がえがない。膝を抱えて座りこんでいると、やがて誰かが階段を上ってくる音がした。

「あら、ごめんなさい。起きてたのね」

分厚い扉から入ってきたのは、眠そうな目をした〈女竜使い〉ヴィオルニアだった。

「気分はどう、何か食べる?」

「あの、私…」

「あなたは今日からお姫さまらしいわ。この部屋でのんびりしていいんですってよ。私は世話係ってわけ」

ヴィオルニアの口調にはいつもに増して険があったが、それとは別に、嫌み抜きの尊敬、あるいは遠慮——老大公に対するような——つまり飛竜の主に向ける感情も、こめられているようだった。

「私、どうして…どういうことか、よく…」

「だってあなたも竜に乗ったのよ。覚えてないなんて残念ねえ、歌物語のようだったのに。嵐と雷の中、倒れたあなたを、飛竜に乗った英雄フェナフ・レッドが救いだしたのよ」

　リーズは、光の刺さる塔を見下ろしたことを思い出した。あれは竜の上から見えた光景だったのか。自分だけ助かったのだろうか。奥方さまやカストラ小母さんは？　何もかも夢のように思え、言葉にならない。そのうちにヴィオルニアは、

「それにしても、今日びの竜は乗合船みたいになっちまったわ」

ぶつぶつ言いながら、もう出ていこうとする。慌ててリーズは彼女の袖を引っぱった。

「あの、着る物はどこに…それと、ここはいったい…」

「服はね、あの長持の中のをどれでも着ていいんだって。私、あなたが気がついたと知らせて、何か食事を頼んでくるわ。そうそう、この部屋は、亡くなった大旦那さまが聖峰から連れ帰った、伝説のロルセラウィン姫が住んでた所だそうよ」

　ヴィオルニアは行ってしまい、リーズは彼女の最後の言葉に一瞬ぼうっとした。

（ロルセラウィン姫…。それじゃ、この絵の人がその姫君なんだわ。なぜ笛を持っているのかしら。いいえ、姫君の笛を、なぜ母さんが私に？）

肝心のその笛は、今手もとになかった。塔に食事を運んだきりだったので、ここには身の回り品の一つもない。それに、ここはいったいどこなのだろう。

「リーズ、着がえた？　客人レッドがいらしてるわよ」

扉ごしにヴィオルニアの声がして、リーズの混乱した胸はさらにドキリと高鳴った。

「は、はい、お待ちくださ…」

いつもの癖でそう答えかけたが、ヴィオルニアはするりと入ってきて、

「早くなさいよ」

半分面白がっているような調子で言うと、さっさと長持を開いてぷんと香る虫除け布をめくり、刺繍に飾られたロイェクや胴着、帯などを次々と引っぱりだした。

「こんな立派な物…」

「いいじゃない、とりあえずこれを着たら。ほら、ベルト。はい、靴」

間もなくリーズはルウィンの着るような北方人の姫君の衣装で、途方にくれたまま、あれほど会いたかったフェナフ・レッドの前に立っていた。ごく地味な町衆の恰好《かっこう》のフェナフ・レッドは、リーズの顔を見ると安心したようにほほ笑んだ。

「無事でよかったよ」

それは〈花咲谷《メイチェム》〉村の食客だった時の、どこか皆と違う雰囲気をたたえてはいるが親しみやすい、なつかしく思える笑顔だった。

（『来ませ、旅人』…旅人神は、私にとってはこの人だったんだわ…）

リーズは夢の中の歌を鮮やかに思い出した。

だが〝客人レッド〟の優しい微笑はすぐに消え、彼は改まった顔になって、にわかづくりの姫君姿をつきさすように見つめた。

「やはり、そうなのか。よく似合っている」

彼はまるでとがめるような口調で言うと脇へどき、後ろにいた人物を部屋へ入れた。

それはウィルム家の家令ワルディ伯だった。彼は疲れてはれぼったい目で、リーズを頭の天辺《てっぺん》からロイエクの裾まで眺めた。リーズは面くらってうつむいたが、

「とりあえず軽いお食事」

ヴィオルニアが階下から大きな盆を持ってき、三人の間へ割りこんだ。

小卓の前に座らされたリーズの前には、パンにイチゴ酒、卵に肉、香草サラダが並び、向かいにはいかめしい顔のワルディ伯と、これまたまじめな様子のフェナフ・レッドが陣取った。重大な密談でもしようというのか、ヴィオルニアに扉の側で番をさせている。

「今朝、君が失神した後ね、」

とフェナフ・レッドが少しだけ優しい声で言い始めた。

「エオルンは、ルウィンたちを安全な所へ誘導した後、騒ぎをおさめるために門の方へ戻っていった。僕は君を竜に乗せて、エオルンがそう言い張るので、とにかくここへ来た——ここはテトムの

〈風吹館《かぜふきやかた》〉、ウィルム家の別邸だよ。大公館は火と落雷で当分住めそうにないから、いずれみんなここへ引っ越してくるだろう。ところで、さっき駐屯地から来てくれたワルディ伯によると、君に関する老大公の遺品があるらしい」

彼の口調は硬くなり、感情がすっかり覆い隠された。

「私は駐屯地の騒ぎも一段落したし、飛竜が来たと聞いててっきり旦那さまかと思って駆けつけたのですがね」

ワルディ伯が言った。どうも彼は、目の前のフェナフ・レッドを扱いかねて困っているらしい。本来エオルンにすべき話をフェナフ・レッドが主人顔で聞いてしまうのである。だがフェナフ・レッドは平然として、本題に入るよう伯を促した。リーズは二人の間の緊張や、ワルディ伯の彼女に対する態度の変化にうろたえて、食べるどころではなかった。

「大旦那さまは生前、あなたに大事な話があるとおっしゃっていました。あなたは今年、〈鍋の式〉ですね?」

リーズはうなずいた。だが黒髪の民の邸で、混血の自分に、なぜ北方人の成人式の話が持ちだされるのだろう。そういえばヒアリイもよく言っていたが…「もうじき姉さんの鍋の式だね」とか何とか…

「この部屋はずっと閉めきりでしたが、先日、大旦那さまの遺品整理のため入ってみて、これを見つけたのです」

ワルディ伯は立っていって、大戸棚から木箱を持ってきた。花や鳥の浮き彫りのついたふたをあけると、詰め物の上に羊皮紙が一枚入っていて、「漂着の王家の暦二九五年のシエレウィン成人の時のために」と黒髪の民の文字で書いてある。

「これは大旦那さまの筆跡です」

ワルディ伯は丁寧に詰め物を取りのけた。

出てきたのは金色の小鍋、取っ手には六色のリボンが巻いてある。北方人の女性が成人する時、親や後見人からもらう物だった。

「大旦那さまが、おそらく最初はロルセラウィン姫にと作らせたのでしょうね。姫はすでに式の年齢を過ぎていたようですが、しかるべき身分の北方人として鍋が必要だった…姫の他界後、忘れ形見の娘御のためにひそかに保管なさっていたようです。リーズ、あなたのことですよ」

伯はリーズがぽかんとしているのに気づき、力をこめて言った。だが彼女は目を大きく見開いたまま、かすかに首を振っている。

（ロルセラウィン姫？　そんな姫君と私と、何の関係があるのかしら。私はからかわれているの？）

すると彼女の心の声を聞いたかのように、フェナフ・レッドがこちらを向いた。

「君は白い笛を持っていたね。ヒアリイが亡くなった後、僕が届けた笛を」

リーズはドキリとした。フェナフ・レッドはたたみかけるように、

「君はお母さんからもらったのだったね？　あれは海竜の骨でできた笛だ。僕は実際あれを吹いて海竜を呼んだ。昔ロルセラウィンが、ウィーエンテのフェレイトスからもらったものだ。知っていたかい？」

リーズは頭の中が真っ白になったが、笛と言われて思わず壁の絵をふり返った。

「そう、そこに描いてあるだろう。君を育てたお母さんは、赤ん坊の君と一緒に笛も預かったんじゃないかな。君がロルセラウィンの娘シエレヴィンだという証に」

フェナフ・レッドはつと立って絵に近づき、興味深げに見つめた。その横顔は彫像めいて、まるで彼も描かれた英雄であるかのよう、リーズからは遠く、手の届かぬ存在に思えた。

「その絵は当時のサンサナッフ王に見せるために描かれたのです。ロルセラウィン姫は王妃になるはずのお方でした。しかし、王は急逝され、姫は…」

途中で口をつぐんだワルディ伯に、フェナフ・レッドは厳しいまなざしを向けた。

「姫はさらわれた、そうだな？　大公家では秘密にしてきたようだが、僕は〈廃市〉で老大公自身の口から聞いた…ずっと記憶が抜け落ちていて、君やエオルンに話せなかったが。ロルセラウィンと恋仲だったテリースが、彼女をこの塔から連れだしたんだ。老大公は追っ手をさしむけ、かつて

一緒に聖峰を探検したテリースを死なせ、姫を連れ戻した」

フェナフ・レッドが記録を読みあげるように語るのを聞いて、ワルディ伯はごまかしても無駄だと悟ったらしい。静かな口調であとを引きとって、

「そうです。テリースさまとロルセラウィン姫を捜しだすのに六年かかりました。二人の間にはすでに娘がいましたが、この子は行方知れずになりました。姫は塔に戻られてからもう一人女の子を生んで亡くなったので、察するに大旦那さまはその赤子を従者のヴュドゥンス夫妻に預け、ヴュドゥンスの妻は噂や人目を逃れてアルネブの実家へ帰り、そこで姫の娘御を育てることに…」

「嘘です…そんな」

リーズは聞いていられなくなった。絵の中で悲しげに立つ見知らぬ姫君の運命が、重い雪崩《なだれ》となって彼女の胸にドッと落ちてき、そこへまたワルディ伯とフェナフ・レッドとが、時のとばりを引き裂いて血ぬられた過去をつきつけてくる。

「そんなこと、嘘です。信じられません。私は父さんと母さんの…ヴュドゥンスの娘です。大旦那さまもロルセラウィン姫も、関係ないんです。だって…」

涙がぽろぽろと頰《ほお》を伝わった。リーズは両手で顔を覆い、よろよろと寝台の方へ倒れこんでしまった。

「ちょっと、あれほど怖い目にあって竜にまで乗った人を、あなた方はまだいじめようっていう

の」

すすり泣くリーズを見て、ヴィオルニアが戸口の側から言った。

「他人の話として聞かせてもらっても、たまげることばかり。この人にとっちゃ神世《かみよ》とこの世がひっくり返るほどショックだってこと、あなた方には分からないの？」

リーズはいつもは敬遠している女竜使いの気遣いを背中で聞いて、意外な気がした。けれどそれに答えるフェナフ・レッドの言葉は、新たな重みとなって耳に響いた。

「分かっている。今までの世界があっという間に変わってしまった時の気持ちを、僕が知らないとでも思うのか」

「そりゃ…」

ヴィオルニアは言葉につまったようだ。

「旦那さまがこちらへ来られてから、じっくり話しあうのがいいと思いますね」

ワルディ伯が、フェナフ・レッドを牽制《けんせい》しようというのか、口を入れた。今はこれ以上話したくないらしい。フェナフ・レッドが溜息をつくのがリーズにも分かった。

「じゃあとりあえず、僕らは退散しよう。ワルディ伯、君は他に色々と忙しいんだろう」

「あなたの方こそ。駐屯地に行かれるならご案内しますが。あちらにはサチム伯や、あなたのお仲間もいますよ」

「今は遠慮しておく。エオルンのひき起こすごたごたにこれ以上巻きこまれたくない」

二人は次第に刺《とげ》のある応酬をしながら、席を立って出ていく気配だ。

「ではゆっくりお休みください。欲しい物はヴィオルニアを通じて言ってください」

ワルディ伯のうやうやしい口調にリーズは顔を上げ、やっとのことで黒髪の民のお辞儀をした。彼の後から部屋を出ながら、フェナフ・レッドが表情をゆるめて彼女の肩に触れた。

「悪かった。後で、また」

急いで囁《ささや》き、彼も行ってしまった。

「私もいない方がいいかしらね。一つ下の階にいるから、いつでも呼んでくださいな」

ヴィオルニアまで去りそうにしたのを、リーズはまた呼びとめた。

「あの…あの、大公館はどうなったんでしょう。別棟のみんなは…」

「ああ、私も詳しくは知らないの。ボーヴォルン伯を追っぱらった、とさっき早馬が来ていたけど…館はねえ、塔に雷が落ちて、天辺の、前の晩私がいた部屋がふっとんで、館の屋根に落っこちたみたい。もう目茶苦茶よ、一部は燃えたし。若旦那さまも大損害ね。おまけに、客人レッドが突然現れて竜にまたがった時の、若さまの顔といったら！」

「それで、カストラ小母さんたちは…」

「さあ、それはねえ。私たちは奥方さまを守りながら、古い裏口から川の側へ出たから、玄関や別棟の方は分からないままよ。でも、そうだ、ソアグがすぐ後から厩舎《きゅうしゃ》の馬を追いたてきたから、彼は無事だわね。その馬に乗って若旦那さまは戦いに戻っていったし、ルウィンさまたちはひとまず町の方へ…。だってルウィンさまは竜に乗れないでしょ。でも、その気になれば乗れるかも。竜は最近いろんな人を受けいれるんですもの」

ヴィオルニアにとっては、フェナフ・レッドの他にリーズまでもが飛竜に乗れたということが、最重要問題らしかった。

一人になるとリーズは、しばらくぼんやり寝台に腰かけていた。今朝方の嵐がリーズの周辺だけまだ続いていて、もみくちゃにされたような気分だった。日が傾いて窓の外のまぶしさは消え、涼やかな風が虫除け布を揺らしている。次第に落ち着いてはきたが、出来事全体が夢のように思えた。もう一度目覚めたら別棟にある自分の小部屋にいて、階下ではカストラ小母さんたちがくつろいでいるのではないか、あるいはなつかしい谷間で、祖母と母の作る夕食の匂いをかぎながら、まだ幼いヒアリイと遊んでいるのではないか…

（でも、違うんだわ。ヒアリイも母さんも死んだ。大公館も目茶苦茶だとヴィオルニアが言っていた。私の帰る所はもうないのかしら。レッドさんも…ああ、レッドさんはお世継《よつぎ》さまだ。あんな厳しい顔をして、何だか高いところから話していた…ロルセラウィン姫という人のことを。ロルセラウィン姫…私の、本当の、お母さん？）

彼女はまた肖像画に目をやった。暗くなったので、絵はぼうっと影の中に沈んでいる。が、豊かな巻毛や衣装の刺繍、それに胸もとの笛は白っぽく浮きあがって見えた。リーズは、母の茶色の髪とも父の黒髪とも違っていた自分の金髪が、絵の女性の髪と似ているのに気づいた。

（嫌、嫌だわ。私はこんな人を知らない。でも…）

ロルセラウィンの瞳は暗く、はっきりしない。だがそのまなざしはリーズに注がれているように思える。

「…私たちはみんな、自分の運命を知らないの。私たち〈歌姫〉は」

「えっ」

リーズはギクッとして絵を見直した。今の声はどこから聞こえたのだろう。

「でもいつかは思い出して。そして石の呼び声を聞いて。あなたは私の娘、〈天の石〉の預かり手なの。悲しみとともに私が隠した石を、どうか見つけて」

声はリーズの体内から聞こえたように感じられた。彼女は驚きのあまり膝をつき、片手で胸を押さえて大きくあえいだ。

（ロルセラウィンさま…歌姫…この私も？）

やがて、どこかで打鐘《うちがね》が九点鐘を知らせた。食器を持って階段を下りたリーズがそっと覗くと、下の部屋ではヴィオルニアがベンチにもたれて眠っている。リーズは一階で食器を洗ったが、扉には外から鍵がかかっているようだった。こんなふうにロルセラウィン姫も幽閉されていたのだろうか、愛しい人と引き離され、見知らぬ土地で…そう思うと怖くなる。けれどここには、大公館の塔と違ってしめつけられるような圧迫感はない。ただ、とらわれの姫の悲哀が、うっすら積もった埃のようにかすかに感じられるだけだ。だがそんな感じを受けること自体、以前のリーズにはなかったことである。

（私はおかしくなったのかしら？　自分の中で本当に何かが変わったみたい）

水場で火口箱を見つけ、部屋へ戻ってランプをともした。そして飽きずに肖像画を眺めたが、もう不思議な声は聞こえてこない。そのうちに昨夜からの疲れが改めて襲ってきて、腰かけたまま、ふっと眠りに誘われた。

今度の夢は、最近よく見る洞窟の夢で、リーズはうなされた。海の水の流れこむ崖の洞穴に、誰かが閉じこめられているのだ。助けるすべもなく、彼女はどこか高みから見ているのだが、そのうち闇に包まれた遠くの海から、何か大きな恐ろしいものが近づいてくる。水に棲む冷たい生物が、狂気にかられてやってくるのだ。

ここまではいつもと同じだったが、今宵のリーズは夢の中で思わず言っていた。

「あの白い笛があったら！　あれを吹けば、海竜をなだめられるかもしれないのに」

その笛は大公館の別棟の、自分の部屋に置いてある。あれを取りに行かなければ…

そっと揺すられて目を覚ますと、ランプの光を淡く頬に受けたフェナフ・レッドが目の前にかがみこんでいる。リーズはどきっとしてとび起きた。

「起こして悪いな。だが相談が…ワルディ伯のいない所で話がしたくてね」

薄闇にほんのり包まれたその顔は、真近で見るといきいきとして、リーズをほっとさせた。少なくとも、さっき彫り物のように無表情にしゃべっていた彼とは違う。

「ワルディ伯は駐屯地へ行ってしまった。僕は今朝、何の考えもなしに君をここへ連れてきたんだが、このままエオルンが来るのを待つのは、あまり賢くないと思う。僕にもまだ信じにくいことだが、君がロルセラウィン姫の娘だとすると、つまり、今までのようにはいかないだろう。エオルンが君をどう扱うか、正直言って僕は心配だ」

リーズは、自分だけが別棟から塔へ呼ばれたことを話した。フェナフ・レッドは眉をひそめて聞いていたが、

「そうか。エオルンは老大公の亡くなった後、色々調べたに違いない。彼は父親に似てきたよ。老大公がロルセラウィンをここに閉じこめて野心のために利用したような真似を、エオルンも…」

「そんな」

「僕だって言いたくはない、こんなこと。エオルンは友人だったんだから。でも今回の事件で僕は思った——彼に関わるのは真っ平だ。ウェローパたちがどんな目にあったかを見れば、誰だって嫌

じゃないか」

思わずリーズはうなずいていた。

「それに、僕は大公館で仲間と別れたきりだし、ダディエムへ戻ろうと思う。それで、君がもし一緒に来たければ…」

「私もカストラ小母さんたちが無事かどうか心配なんです。それにあの、例の笛が」

「やっぱり、笛はここには持っていないんだね。大公館にあるのか」

「ええ、別棟に…」

リーズは顔を上げ、ふるえ声になって言った。

「レッドさん、私どうしたらいいのか分からなくて…。怖いんです、急にこんな…何も知らなかったのに」

フェナフ・レッドは黙ってそっと彼女の両肩をそれぞれ手で包むと、胸の方へ引き寄せた。リーズの頬に彼のぬくもりが伝わり、彼女の胸はドキドキ音をたてて脈うった。

「一緒に行こう。僕もあの後どうなったか知りたいし、ジルカーンたちもきっと心配してる」

「それで、お二人はダディエムまで竜をお雇いになりますか」

突然、戸口から声がして、びっくりした彼らがふり向くと、ヴィオルニアが腕組みして扉の枠にもたれていた。

「お邪魔なようでごめんなさい。でも〈竜使い〉は竜の選んだ主人に仕えるのが本当なの。あなた方がダディエムへ戻るなら乗せていくけど？」

リーズは飛竜の姿を思い浮かべてぞっとした。正気の時にすすんで乗ろうという勇気は湧いてこない。フェナフ・レッドの方をうかがうと、彼は苦笑してやや残念そうに、

「せっかくだが、これ以上目立つ行動は避けたいよ。大公館の玄関先で飛竜を乗り回したのは軽率だった。夜とはいえまた空から舞いおりて注目の的になりたくはない。それに、竜は僕を選んでエオルンを見捨てたわけじゃない。あの時、彼だって乗っていたんだから。今、僕らと一緒に君までいなくなったら、エオルンは僕を呪い殺すだろうよ」

ヴィオルニアは不満の表情を隠さずに聞いていたが、最後の言葉には思わず笑いをもらした。

「まあね、若さまはいい見せ場をあなたやお仲間にぶち壊された上、竜まで乗っとられてきっとカンカンでしょうからね。で、その怒りの庭に私だけ残して逃げる気なの？」

「逃げるといっても、ひょっとすると僕らは大公館でエオルンに会うかもしれない。だからこそ竜では行けないよ。君の気持ちは分かるが…でも君は大公家の竜使いだ」

「それが怪しくなってきたから、確かめたかったのに。竜があなたを乗せ、リーズをも乗せるってことを。伝説の姫君の娘だから？　それとも女王にでもなる運命かしら？　私としては捨てておけない問題よ」

「いつか機会があれば、竜の研究に協力するよ。色々助けてもらったお礼にね。〝白雲号〟によろしく」

フェナフ・レッドはリーズに合図して、ヴィオルニアの横をすりぬけ、部屋を出た。

「待って」

ヴィオルニアはリーズを呼びとめ、卓上から例の小鍋を持ってきて手に押しつけた。

「確かにあなたの物だってワルディさんが言ったんだから、持ってらっしゃいよ。お粥《かゆ》くらい作れるわ」

「色々、ほんとにありがとうございます」

リーズは急に女竜使いの心配りが嬉しくなって、涙ぐみながら言った。

階段を下りてみると、戸の鍵は外れており、召使いらしい男がお辞儀する。さっさと塔を出て門の方へ歩くフェナフ・レッドの後を追いながら、リーズはふり返ってみた。

「おかしいだろう、誰も止《と》めないんだ。使用人たちは、君についてはワルディ伯から指示を受けてるが、僕にはどう対処していいのか分からないらしい。だから今のうちなら簡単に出ていけるわけさ」

フェナフ・レッドが囁いた。その声は明るく屈託なくて、ワルディ伯を出し抜いて面白がっているようだ。

白い道へ出ると、頭上に晴れた夜空がのぞき、弓形の月がほのかに光を放っていた。リーズはもう一度ふり返り、木立ちごしにひっそりと立つ塔のシルエットを眺めた。

「君の母上は何年もあそこで暮らしたんだね」

フェナフ・レッドが言った。彼もまた塔を見ている。その頬が月光に白く滑らかだ。

「せっかく聖峰から下界に来たのに、他の場所をほとんど知らないまま…。だが、老大公も苦しんだんだと思う。『許してくれ、ロルセラウィン』と叫んでいた——廃市で」

リーズはブルッとふるえた。

「この話は後でゆっくりしよう。それより、夜中の乗合馬車なんて物はないかな」

フェナフ・レッドは街道沿いを捜し、遅くまで店をあけていた貸し馬屋を見つけて、屋根なしの小さな荷馬車と馬を借りた。慣れぬ手つきで手綱を操り、二人は夜道をダディエムへ向けてポコポコと出発した。

やがて月は沈み、星がいちめんに現れた。昨夜までとはうってかわって、さわやかな風もある。フェナフ・レッドが大公館での出来事について尋ねたので、リーズはぽつりぽつりと話し始めた。疲れや驚き、不安が心にのしかかったままだったが、手綱を握るフェナフ・レッドの背中に向かい、次第に詳しく物語った。夏の涼しい夜気の中、なだらかな丘を下る荷馬車の前と後ろに二人きりで揺られていくこの数刻のことを、リーズはいつまでも忘れないだろうと思った。街道は数日来の事件のせいで人馬がひっきりなしに通っていたが、左右の牧草地は夜ふけの静けさに包まれ、草の中にたたずんだまま夢路をたどる牛や馬も見える。

顔は見えなかったが、リーズにはフェナフ・レッドがじっと耳を傾けているのが分かった。エオルン・ウィルムの言動をどう思うかしらとリーズは心配した。だが彼は何も感想を言わず、今度は自分が〈暗き森《デューン・ムウ》〉から聖峰をへて廃市で老大公の最期に遭遇したいきさつを、淡々と語った。

リーズは昔語りを聞くような不思議さに、言葉もなく耳を澄ませた。彼の話は体の中にしみ通ってくるようだ。そう思った時、リーズはそれがおとぎ話ではなく、自分の母にまつわる出来事なのだと思い至って、再びその重みに打たれた。だがもう逃れることはできない——肖像画の前で聞いたロルセラウィンの声も、今のフェナフ・レッドの話も、リーズの心の内側に反響したのだ。彼女は自分の運命を抱きしめるように、からっぽの荷馬車の上で体を丸めた。夢で見たヒアリイの姿が言っていた…「姉さんは伝説の姫君の娘だ。天の石を見つける者なんだ」…

二人は夜明けにダディエムに着いた。フェナフ・レッドが仲間の集合場所だという家にリーズを連れていくと、納屋の天窓から若い男の首がひょっこり突き出ており、かすれ声で叫んだ。

「レッド！　おいレッド、無事だったのか」
四、五人の男が出てきてワイワイと無事を喜んだ。皆は飛竜が兵らを追い散らしたのは見ていた

が、その背にフェナフ・レッドが乗っていたのには気づいていないらしい。見張りをしていた男は黄色い髪を振りふり、

「死んだかと思ったぜ、突然いなくなるから。形見だと思って、ほら、これパリナの守り札じゃないか、大公館の庭先で拾っといてやった」

と小さな物をさし出して笑った。

「よく見つけたな、フライシュ」

フェナフ・レッドも笑いながらそれを受けとると、何げなくリーズに渡した。

それは埃まみれの一枚のカルタで、馬を連れ、つめくさの花冠を頭に乗せた〈さまよう旅人神〉クロヴィーが描かれている。彼女は思わず指で札をぬぐい、大切な物のようにそっと両手で包みこんだ。

「そっちがひょっとして、大公家に仕えてる…」

フライシュと呼ばれた男はリーズに気づいて言った。

「ああ、リーズっていうんだ」

さらりとした紹介のされ方が、今の彼女には嬉しかった。

「やあ、どうも。お噂は時々…中へどうぞ」

母屋の広い部屋に入ってみると、三人ばかり怪我人が寝ており、側で枯れ草色の髪の男が鉢の薬

をねっていた。

「忙しそうだな、ジルカーン」

フェナフ・レッドの言葉で初めて、リーズはそれが彼だと気づいた。

「ご覧の通り大繁盛でね。これもルビアさまのおかげさ。リーズ、無事でおめでとう」

フェナフ・レッドとリーズは麦粥をもらい、フライシュから皆の消息を聞いた。救出されたウェローパら六人は宿屋で休んでおり、トッカテール幹部もそこに集まっている。剛力グロッシーら数人は降伏した軍団兵の見張りをしているし、別の一隊が、自領へ退却しだしたボーヴォルン伯とその私兵を追跡中。他の領主はとどまって新大公と今後のことを話しあう予定だが、今はよれよれになった天幕を張り直して休息中ということだった。そして肝心の大公は、

「昨夜は町に来てたけどね、奥方や息子が町なかの乳母の家にいるとかで…でも朝から大公館の片づけを始めるらしいから、多分そこだろう」

フェナフ・レッドとリーズは一休みすると、まず乳母の家を捜して訪ねたが、ちょうど一足違いでルウィンたちは馬車でテトムへ発ったということだった。召使いたちの安否は訊いても分からない。

「エオルンに会うかもしれないが、大公館に行ってみるか」

二人はざわつく通りを再び歩きだした——

夜の海水の冷たさに、僕は思わずブルッとふるえた。潮が満ちてきており、岸へ岸へとたたみかける波は重くしなりながら、「あっちへ行ってろ」とくり返しているようだ。だが僕は息を切らして暴れる水を押さえつけ、ぬれた砂を踏みしめて派手な色のゴムボートを海へ押しだした。

ザッパーンと波がはね、ボートは荒馬のように身をくねらせて僕の手から逃げていきそうになる。いや、こいつを失《な》くすわけにはいかない。岬を戻ったところのビーチで、干してあった貸しボートを失敬してきたのだ。これを操って海側から洞穴に入り、レイスドゥインという娘とカリュウスを何とか助けだそうというのが僕の計画だった。

だが今の海は、昼間、平らな板のように見えた遠景や、生ぬるいしぶきをあげて遊んだ波打ち際とはまるで違っていた。ボートを取り囲み、揺さぶり、うねうねとのたくって手に負えない。僕はどうにかしがみついてボートの綱に手をしっかりからませ、塩からい水でびしょぬれになりながら、方向を見定めようとした。右前方に黒く崖が突き出している。ほんの百メートルぐらいだ。オールをつかみ、バランスをとろうと夢中になった。誰かが見たら、黒い波に遊ばれて滑稽なダンスでもしているようだったろう。

不意に横波をうけ、左からボートがめくれあがった。まずい、と思う間もなく再び巨大なうねりが、なぐりつけるように襲ってき、

「うわあッ」

あっけなくボートは逆さになった。僕は重い冷たさの中に漬けこまれ、もがきにもがいて鼻や口からひりひりする水を追いだそうとした。ロープで両手につながっているボートは、転覆してもなお頑強に浮き続け、波に躍って僕を目茶苦茶に引きずり回す。

ゴボッと水を飲み、ぞっとして必死にロープをたぐった。溺れるのは怖い。フェナフ・レッドの世界へつながる水かもしれないと思っても、恐怖は消えなかった。パンパンにふくれたボートが顔に当たったので、僕はかじかんできた全身の力をふりしぼって裏返ったボートの上へ上半身を引きあげた。とその時、波の谷間の向こうに巨大なものの姿を見て、僕は息をのんだ。

暗青色に鱗《うろこ》をギラつかせる、小山のような怪物。どこが頭やら分からないが、物凄い力で海水を押しのけ、大波を起こしながら進んでいく。

(海竜……!)

僕はとんでもない海へたどりついてしまったのではないか。そう思うとショックで力が抜けた。水底から死の冷たさが体を這いのぼってきて、僕の目をつぶらせ、頭の中を凍らせ、手足を麻痺させる。

死ぬのだろうか。それともまたフェナフ・レッドと入れかわるのか？　いや、違う——近くに彼の存在が感じられない。そればかりか冷えた海水の感触も、苦しさもなくなった。

しばらくすると闇がするするとめくれて、四角く光るスクリーンが現れた。ああ何だ、ここは映画館だったのか。僕は急にホッとして体を楽にし、スクリーンを見つめた。向こうの世界でのフェナフ・レッドの活躍が映しだされる――飛竜を操る英雄。風吹館で明らかになるリーズの出生の秘密。ダディエムへ戻った二人は、半壊した大公館へ向かう。

門は壊され、玄関扉は燃えてなくなり、折れた塔の天辺が左翼をぺちゃんこにしてしまった館の前に、一人たたずむ後ろ姿があった。周りで〈銀杯団〉の兵士らがたち働く中、考え事でもしているのかじっと動かない。朝のみずみずしい太陽がくっきりと彼の影を、踏み荒らされた地面に落としている。

それは小ざっぱりした服装で腰に軍団長の剣を吊った、エオルン・ウィルムだった。

リーズを焼け残った別棟に行かせておいて、フェナフ・レッドは一人でエオルンの方へ歩いていった。誰だと訊く兵士の声にエオルンは初めてふり返り、目を丸くした。

「君の現れ方にはいつも驚かされるね。テトムじゃなかったのか」

「今朝、戻ってきた。竜を乗り回したりはしていないから、ご心配なく」

エオルンは何か言いかけたのをやめて自分からフェナフ・レッドに近づき、

「妻や息子を安全な所へ連れていけたのは、君のおかげだ」

神妙な調子で言い始めた。

「塔にはケクフィーエ軍団長や銀杯団の者もいたので、よもや妻たちに危険が及ぼうとは思わなかった。雷も予想外なら、ボーヴォルンがあれほどてこずらせるとも予測していなくて…いやはや、これでは大公失格だ」

フェナフ・レッドは黙っていた。

「その前には、そう、カイン・ニディナで君を待てなくてすまなかった。ちょうどハイオルン船や何やかやで騒然としていたし、それに…」

エオルンは一人でしゃべっていたが、話がウェローパたちのことに触れそうになると、さすがに言葉を途切らせ、

「…とにかく、君には申しわけないことをした上、家族の命を救ってもらって…」

「いや、僕も以前世話になったから、あなたには」

フェナフ・レッドは早口でさえぎったが、「あなた」という言葉がピーンと響き、二人の間にへだたりを作りだした。

「生まれ育ったこの館もひどい有様になってしまった」

沈黙の後でエオルンが、焼けこげた玄関付近を見渡して言った。

「召使いたちは無事なのか」

フェナフ・レッドは尋ねたが、返事に期待はしていなかった。さっきリーズと一緒に別棟の中をチラと覗いたが、誰もおらず、何も分かりそうになかった。

「はっきりしないのだ。兵士や町人や、多くの死傷者が出たからね。昨日の夕方、亡骸は川辺の草地へ運ばせた。今日にも火葬にする予定だ。一人一人身内のもとへ送り届けたいが、この混乱では無理だろう。私の館でこんなに多くの人間が命を落とすとは…」

「まったくだぜ」

不意に第三の声が壊れた門の方から聞こえた。二人がふり向くと、暑いためか黒髪を革紐で束ねたバズが、狼を連れて近づいてくる。兵たちはエオルンの合図で遠くへ散っていたので、誰も彼に気づかなかったらしい。

「トッカテールの連中は、ウェローパたちだけじゃなくあんたを救いだすために戦ったんだ。他の町衆も大勢、協力したそうだぜ」

バズの言葉の裏には、凄みが感じられた。

「ああ…。皆が私を心配してくれたとは、感謝でいっぱいだ。これからもミルザムは一つになって協力していける。私は千の流れを率いたという大河の主になった思いだ」

これを聞いたバズは垂れかかる前髪の奥でキッと眉をつり上げたが、黙っていた。

「これからどうするつもりなんだ」

フェナフ・レッドが感情を抑えた低い声で尋ねると、

「当分は風吹館に移るつもりだ。ここは亡き父上も愛していた場所だから、できるだけ早く館や塔を建て直して…」

エオルンの方もとりつくろった声でわざと的外れな答えをしたが、

「ごまかすのはよせ。あなたのせいで起こった混乱と犠牲の責任を、どうとるつもりだと訊いているんだ」

フェナフ・レッドは鋭い口調になった。そしてエオルンの驚いた顔に向かってさらに、

「テトムは掌中に収めたとしても、この島にはまだ二か所に駐屯地がある。今度の事件に刺激されて、軍団兵と民衆があちこちで衝突し始めたら…、そんなことをしていれば、都のクライヴァシアン伯がきっと動きだす。そしてレープス中、狂い病にかかった狼の群れみたいになってしまう」

「クライヴァシアンが動きだす――それでいいじゃないか」

突然エオルンは声をひそめ、とりすました顔つきをやめて言った。

「カイン・ニディナにニハル、ミルザムと、騒乱が続き民衆の不満が高まってきた今、あの成りあがり者が出てくれれば、たたきつぶせる。君だってあいつには恨みがあるだろう」

フェナフ・レッドはゾクッとした。エオルンはこんなふうに味方を増やすのか?

「これ以上騒ぎが続けばハイオルンが放っておかない。そうなれば国を滅ぼすことになる」

懇願するようにフェナフ・レッドは言った。

「それを防ぐために頑張るつもりだ。…君も協力してくれないか」

フェナフ・レッドはさっと頭をそらし、エオルンから一歩離れて冷たい声で言った、

「僕は火あぶりは真っ平だ。あなたと協力の約束をしたばかりにね」

「あれは致し方なかったんだ。あの場にいたのなら、私の苦境も察してくれ。私兵隊や軍団兵に踏みこまれ、私にはああするより他なかった。君たちがあの六人を救いだしてくれて、私はホッとしているんだ」

「本当は残念なんじゃないのか。ウェローパたちが死ねば、彼らが持ってきた財産もあなたのふところに入ったのにな。今さら両手を広げてお辞儀したところで、彼らがまたあなたと手を組むものか。トッカテールや町衆だって、監禁を装って軍団長をだまし討ちにしながら、知らんふりで処刑を行おうとし、大勢を死なせたあなたに、そう際限なく従うかな。黒髪の領主たちも…」

「待ちたまえ」

エオルンは大きな身ぶりでフェナフ・レッドをさえぎった。

「なぜそう私を悪者扱いする。それに、監禁を装う？　軍団長をだまし討ち？　そんな無茶な憶測をするのは誰だね、いったい」

「俺さ」

背後からバズがずばりと口を入れた。

「それにテトムとの間を鳩の密書が往復したのを知ってる者全員だ」

「鳩は一度きり、駐屯地が陥《お》ちたとの報せを受けたのみだ」

エオルンはあくまで落ち着き払っている。

「鳩はもともとあなたが駐屯地から借りうけていたんだ。常にあなたの方から鳩を放って連絡を取っていた。そのためにあなたは塔にこもり、ケクフィーエ軍団長を薬草茶で眠らせ、縛りあげた」

と、フェナフ・レッドは蒼《あお》ざめた顔で一気に言った。

「何を証拠に？　自由を奪われていたのは私の方だ。軍団長は落雷で亡くなった。ワルディ伯は、テトムの残留兵をうち負かした民衆に助けだされた後、初めて私に伝書を…」

「もういい」

フェナフ・レッドが言った。

「行こうぜ、レッド」

すかさずバズがさめた口調で言った。

エオルンはフェナフ・レッドの肩をつかんで耳もとに口を寄せ、囁いた。

「君はクライヴァシアンに復讐したくはないのか。単身ニディナ城に乗りこんで、宝の石を振りかざしたのは、そう昔のことじゃないだろう」

フェナフ・レッドの身に再び戦慄《せんりつ》が走った。エオルンは〈海鳴りの石〉のことを知っている！ あの花祭の夜、彼が石を掲げて名乗ったのを、おそらく隠密が伝えた噂話か何かから知ったのだろう。そして彼の心の底になおわだかまる復讐への思いをも、エオルンは見抜いているのだ。

「復讐するとしても、あなたの手は借りないつもりだ。それに、」

フェナフ・レッドの口もとは神経が張りつめてヒクヒクふるえ、声は氷のようだった。

「あなたが権力を手に入れるのにこんなやり方をするなら、手伝うのは断る。もちろん僕は復讐をしたいのであって、あなたと王座を争う気もない。僕はもうあなたの世話にはならない、〝我が道は汝とわかれゆく〟だ」

くるりと向きを変えて歩きだしながら、彼は頭の中が燃えるように熱かった。

「おい、どういうことなんだ、レッド！」

バズがびっくりして彼を覗きこんだ。

「お前、『王座を争う』って、どういう意味だ⁉」

「忘れたのか、君に助けられた時、僕が煤《すす》だらけで〈森屋敷〉近くに倒れていたことを」

彼は自嘲的な苦笑を浮かべて言った。

「あんたはいったい…」

それまで黙っていた狼のフォディも割りこむ。彼はくらくらして一、二歩よろめいた。

「僕はフェナフ・レッド――以前はレープスの世継だった。もうこれ以上訊くのは後にしてくれ」

疲れ切ってそう言い捨てた彼は、あっけにとられるバズとフォディを残し、別棟にたどりつくと逃げるように中へ入っていった。

バタンと戸を閉めたフェナフ・レッドは、重い興奮と胸のざわめきとで、目の前にいるリーズに、すぐには気づかなかった。

「レッドさん？」

そこはがらんとした台所で、木のベンチに彼女は一人、いつもの質素な服に戻って小さな包みを膝に腰かけている。

リーズを見るとフェナフ・レッドは熱が引くようにスッと気持ちが静まった。

「…ああ。エオルンも、召使いたちがどうしたかは知らないそうだ。君の方はどうだい」

「ええ、あの…ここにはやっぱり誰もいないみたいです」

リーズはうつむいた。

「銀杯団の人たちにも訊いてみたんですけど、だめでした。私これからどうしたらいいのか…以前のようには…」

「そりゃエオルンは君をロルセラウィンの娘として…いや、やめよう、彼の話は。町で捜せば誰か知っている人がいるよ、きっと」

フェナフ・レッドが口をつぐむと、二人はそれぞれ思いに沈んでしまった。窓からさんさんとさしこむ日光で、台所は少しずつ暑くなってくる。やがてリーズは包みの中から、紐のついた白い笛を出して見せた。

「私も弟もうまく吹けなくて…ただのお守りだと思っていました。…そうだわ、いつかお預かりした物をお返ししなくては」

お守りで思い出したのか、リーズは慌てて首に手をやり、服の下から緑柱石のペンダントを引っぱりだした。フェナフ・レッドはそれを見ると何か考えついた顔で、

「もしかして君はそれをずっと身につけていたのかい？　昨日《きのう》も一昨日《おととい》も？」

「ええ、ずっと」

「そうか、それで…、君も飛竜に乗れたのかもしれない」

彼はペンダントをつまんで彼女の眼前にかざした。

「ここに僕の血が一滴ついているんだ。〈飾り房の式〉の時、誓いのしるしに垂らした血だよ。僕はとっさに君を竜に乗せたけど、本来はニディン王家かウィルム家の直系の者でなければ、竜に受けいれられないと言われている」

「まあ。じゃあこれが私の命を救ってくれたんですね」

「いつかヴィオルニアに教えてやろう。でも僕だって、君の笛を持っていたから廃市で海竜に襲われずにすんだんだと思う。これは〈海竜の友〉と呼ばれたフェレイトスが昔、作った笛らしいから」

二人は互いを救った品をしげしげと眺めたが、

「それでね、飛竜に乗れることが、またいつか役に立つかもしれないだろう。だからこのペンダントは君が持っていたらいい」

「でも…」

「僕はもう要らないんだ。前から決めていたことだから」

フェナフ・レッドのさばさばした口調に、リーズは何も言えず、ペンダントを元通り服の下にしまった。

また少し沈黙が流れたが、今度は表で物音がした。そして、

「おいレッド、客だぜ」

バズの声とともに入り口がぱっとあいて、くるぶしに包帯を巻いた若者がぴょんと片足でとんで入ってきた。

「レッドさんにリーズさん！」

「ソアグ！」

それは馬屋番のソアグで、町で一夜明かした後、様子を見に戻ってきたのだった。

「何せ足をひねって昨夜《ゆうべ》は歩けなくて。あ、水を一杯、もらえます？」

そこでリーズが鉱水の瓶や、残り物のパンケーキを捜しだし、四人でそれを平らげることにした。

ソアグはバズに自己紹介した後、

「カストラ小母さんは無事ですよ。でもあの騒ぎで腰が抜けちゃって、今朝早く親戚の馬車で郊外へ避難していきました。奉公に来ていたデイアも、お兄さんが助けだして大丈夫。でもヴュアベルとサデインは…ボーヴォルン伯の私兵に殺されたそうです」

ソアグは死者のとむらいや怪我人の薬代について、ウィルム大公に話をしに行くつもりだと言った。

「だって旦那さまは鳩を送ったり飛竜で飛び回ったりしていて、僕らのことはお忘れのようでしたからね。今も大天幕で領主たちと会議だとか。とにかく騒ぎは済んだんだから、お館のこともちゃんとしてもらわないと」

「無駄だと思うぜ。あいつ、客だったウェローパたちを処刑しようとした上、財産まで横取りする気だったみたいだからな」

バズが肩をすくめて話し始めた。

「俺は昨夜ウェローパに頼まれて、彼らがカイン・ニディナから持ってきた金貨を返してくれって書状を大公に届けたが、渋い顔してたぜ、若大公は。その後、銀杯団のやつらが、まだくすぶってる館の中から金貨入りの箱やら年代ものの鉄冑《かぶと》やら、どんどん荷馬車に積んでるんだ。こんな物もな」

彼はふところから大粒の血玉石《ガーネット》の指輪をつまみ出して見せ、他の三人を驚かせた。

「何、壊れた箱からこぼれ落ちたのさ。ほんの土産だよ。やつが運びださせた財宝は荷車三台分あったからな。二台は西の方へ、一台はテトム街道へ行ったぜ」

「エオルンは手際がいいな」

フェナフ・レッドは溜息をついた。昨晩、街道でその荷馬車とすれ違ったかもしれない。

ひとしきり話がすむと、ソアグが大公の天幕へ出かけている間、フェナフ・レッドは別棟の裏手へ出て、踏み荒らされ焼けこげた奥庭をぶらぶら歩いてみた。

へし折られた草木が強い日ざしに蒸れるような匂いを放っている。壊れた塔は土台の石積みがむきだしになり、家具が散乱し、割れたかめからこぼれた酒に虫がたかっていた。フェナフ・レッドはかつて緑したたるこの庭を歩いただろう老大公やその一族の人々の姿を思い浮かべた。そして悲しく腹を立てながら、エオルンはいつからあんなに変わってしまったのかと考えた。

「レッド、ちょっといいか」

背後からバズの声がした。彼はフェナフ・レッドの横へすいとやって来ると、並んで歩きながら、

「さっきのことな、本当なのか」

予想より軽い、さらりとした口調だった。

「本当さ」

フェナフ・レッドも気が楽になって答えた。

「ふうん」

バズはしばらくそのことは忘れたかのように、荒廃した庭を眺め渡していたが、

「だが世継の君は確かコルピバで暴徒に殺されたはずだぞ」

「僕は死にはしなかった。それに、僕を殺そうとしたのはコルピバ人じゃない。ネウィンド・ミルダインとフィオナルト…そしてすべてを仕組んだのはクライヴァシアン伯だ」

「じゃああんたは正真正銘のお世継さまか」

「そうだ」

「…だからか。カイン・ニディナでは嵐神の息子の噂、ティーラじゃジルカーンが〈新しき王〉在《あ》り、なんて叫びだす。どうもおかしいと思ったぜ」

「ジルカーンには偶然知られたんだ。口止めしておいたのに…」

「まぁとにかく、そういうことなら早めにここを離れて、ウィルム大公の目の届かねえ所で旗揚げするんだな。さもないとやつはあんたを生かしちゃおかねえぞ」

バズは横目でフェナフ・レッドを見て半ば冗談のように言った。

「まさか。王座を争う気はないと言ったばかりだ」

「あんたがそのつもりでも、相手が信じるものか。それにあんた、やつがのさばっていくのを、ただ見てるつもりか。そんなこと、できるのか」

「僕はもう世継じゃない。陰謀に巻きこまれたり刺客に襲われたり…家族を殺されたりするのはもうたくさんだ」

フェナフ・レッドの頭の中を、今までの出来事が風のように駆けぬけた。

「…なるほどな。で、あんたの正体を知ってるのは誰と誰なんだ?」

バズは結局それが訊きたかったらしい。フェナフ・レッドが一々名をあげると、

「何だ、みんな知ってるんじゃねえか」

「だが表ざたにはしないでくれ、頼むから」

「承知した。フォディにも言っとくよ。だが『飯の匂いと秘密は皆が嗅ぎつける』っていうからな。気をつけた方がいいぜ」

その時、茂みの間をぬってフォディがやって来た。

「ソアグが戻ったよ。大公が出てこないんでがっかりしてる」

「集合場所へ行こうぜ。俺もここにはうんざりだ」

バズとフォディの後を追って、フェナフ・レッドも別棟の方へ引き返した。

彼らの去った後、渡り廊下が倒壊して花ざかりの低木をなぎ倒している、その薮蔭《やぶかげ》から、人影が一つふらりと現れた。貧弱なざんばら髪に日除けの布をかぶった男で、

「ふーん、こりゃ大公館のがらくたより拾い物だァ」

小声につぶやき、フェナフ・レッドの去っていった方を見つめている。

「『僕はもう世継じゃない』たァね。さっそくヴァスカに知らせなくちゃ」

6　ミルザムの嵐

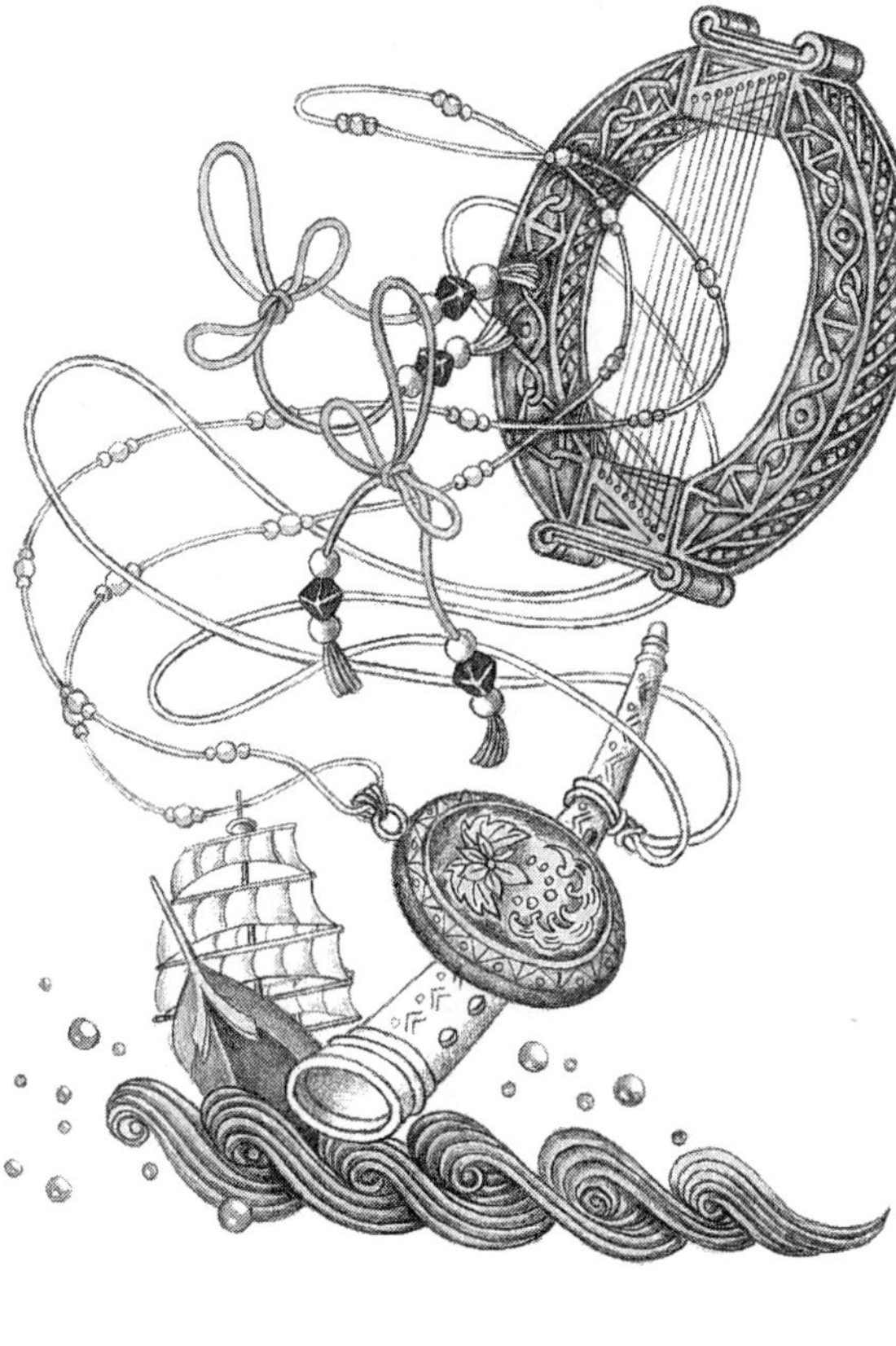

僕は冷たい砂に寝ていて、暗がりの中、誰かが覗きこんでいた。

「大丈夫？」

舌足らずの幼い声。吸いこまれそうに大きな瞳の中に僕が映っている。アロハシャツを着た、現実の世界の僕だ。

体を起こすと、シャツも髪もぐっしょりぬれていた。ここは波打ち際のすぐ側で、傍らには夜ふけだというのに小さな少女がしゃがんでいる。

「君…」

「今はまだ大丈夫。ほら、岩穴には入れない」

その子の指す暗い海へ目をやった僕は、ぞっとしてはね起きた。〝奇岩と洞窟の断崖〟の周りを行きつ戻りつ、巨大な黒い影が泳いでいる。長い尾が動くたび、しぶきが白く泡だつ。まぎれもなく海竜、さっき溺れかけた僕の前をよぎっていった怪獣だ。

クウン、という鳴き声がして、冷たくぬれた鼻が僕の膝に触った。

「ゴッド・ファーザー。洞窟で待ってろと言ったのに。それとも…まさか海竜が！　あの二人は無事か!?　な、何とかしなきゃ…レイスドゥインとカリュウスがやられる」

とは言うものの、獲物を嗅ぎつけた猟犬のような竜の様子に、すっかり肝が冷えて動けない。僕に何ができる？　びしょぬれで、ボートも失《な》くしてしまった。あいつがこっちへ襲ってきたら？　何もかもおっぽり出して、逃げようか…

「まだ大丈夫。大きすぎて穴をくぐれないのよ」

少女が僕を見上げてまた言った。その丸い目に出会って、僕は何とか踏みとどまった。なるほどあの巨体では、カリュウスたちのいる洞穴の、海水の流入口をくぐれまい。あきらめて行ってしまえばいいが…。だがそもそも、あいつはどこから現れたのだろう。

「珊瑚《さんご》を拾わなきゃ」

女の子は唐突に言うと、しゃがんで右手で砂をかき回した。見ると左手には一本の糸が握られ、そこに幾つかピンクのかけらが通してある。彼女は小声で歌っていた。

帆柱一つ、目は二つ、三つとむらい鳥の叫ぶ声…

「珊瑚だって?」

僕の脳裏に、〈海鳴りの石〉に触れてとび散ったヴァイラの首飾りがぱっと浮かんだ。

「でもそれどころじゃない。あの二人を助けなきゃ」

「それとも笛よ。でも笛があってもだめかもしれない」

女の子は僕の言葉など聞いていないのか、下を向いて砂を探りながら、なおも歌う。

母さま　母さま　石はどこ
母さまのおなかで燃えてるの

そして急にまた僕を見て、驚くほどはっきりと大人びた声で、

「お願い、母さまを助けて。石が熱くて安らかに眠ることができないの。真《まこと》の英雄がとどめを刺さない限り、母さまは呪われた石を抱いて苦しまなくてはならない」

ザパーン、足もとで波が砕けた。少女の声は一瞬、海鳥の叫びのように長く尾を引いたが、その時ゴッド・ファーザーが一声大きくほえ、か細い余韻はかき消された。

僕ははじかれたように岩山の方へ駆けだした。スパニエル犬と後になり先になり、

「一緒に珊瑚を捜せなくてごめん。今はあの二人が無事かどうか見なくちゃ…」

と叫びながら。

〝洞窟探検〟の看板のある入り口から、再び岩穴の迷路へ入った。今となっては、海側から二人を助けるのは不可能だ。いったいどうしたらいいだろう。

僕は不安になって真っ暗なトンネル内で立ちどまった。足音が妙に大きく反響する。壁に塗ってある発光剤のラインも途切れていた。さっきこんなトンネルを通ったろうか。いやに長くて、あの

洞穴を覗く縦穴になかなか行きつかない。ロープを取ってきた時は、簡単に戻れたのに…。ポケットからライターを出し、数回失敗した後やっと点火した。

そこには広い空間が開け、前方は濃い闇にのまれていた。どこへ迷いこんでしまったのか？　冷や汗が海水と一緒に気味悪く首筋を伝い落ちる。引き返そうと向きを変えると方向感覚がなくなり、いっそうまごついてしまう。ついて来たはずのゴッド・ファーザーまでいない。溺れるやら迷子になるやら、どうしてこんな目にあうんだろう？　僕は歩きかけてつまずき、暗黒の世界につっぷしたまま、ワアワア泣きたくなった。

とその時、墨を流したような闇に、前触れもなく長方形のスクリーンが白く光って現れた。僕は頭が混乱し、まぶしさに目をしばたたいた。ここは映画館だっけ？　僕は眠りこんでいたのか？

スクリーンがチカチカと光った。水面におどる真夏の日ざし。そして船。甲板で景色を眺めている、あれは――〝真の英雄〟フェナフ・レッド。彼は仲間とともにザーナ川を下りながら、岸辺で今を盛りと咲き誇るヒマワリの列を見ていた。黒髪の民が〈夏の冠〉と呼ぶ、大きく重たげな花また花…。

フライシュの父が操るこの船には、火あぶりをまぬかれた六人を始め総勢五十人余が乗りこみ、満員だった。新入りの一人ソアグは、結局ウィルム大公に会えぬまま来ていたが、死んだヴュアベルのことを思い出してはよく口にした。

「生きてたらきっと一緒に来たと思うんですよ。僕を〝トッカテール〟に誘ってくれたのも彼でした」

「だったら大公のつのってた〝ボーヴォルン討伐隊〟に加わって仇《あだ》を討てばよかったじゃねえか」

横からバズがからかいぎみに言う。

「嫌ですよ、討伐だなんて。旦那さまはミルザム中の人間を従えるために戦《いくさ》をする気だ。僕はもっとみんなで…みんなのために…」

「無理さ。トッカテールの連中は大公びいきだからな。今に大公は都のクライヴァシアンにも戦をしかけて、あわよくば…」

バズは言葉を切って、ちらりと隣のフェナフ・レッドを見た。

フェナフ・レッドは二人のやりとりを聞きながらも黙っていた。

テトムに居を移したエオルンは、興奮さめやらぬ民衆を集めて、自領へ逃げ帰ったボーヴォルン伯を「討伐」するため民兵隊を作ったのだった。フェナフ・レッドらは、トッカテールの仲間が続々とそれに加わるのを尻目に、逆方向へ向かっていた。ティーラへ戻るフライシュの父が、海峡の町ティーチェンデで皆を下ろす予定だ。その後は陸路を南西へ進みながら、カイン・ニディナへ帰る計画を立てたいと、剛力《ごうりき》グロッシーは考えていた。

「今回の騒ぎで、ミルザム中のトッカテールが勢いづいたはずだ。秋の争議は荒れるぞ、きっと。

我々もその勢いに乗って、味方を大勢ひき連れてアルネブへ帰れんものかなあ」

フェナフ・レッドは嵐を待ち望むような皆のムードには閉口したが、新しい土地へ行けるのでホッとしていた。なぜならバズが言った通り、そしてフェナフ・レッド自身もひそかに心配していた通り、ダディエムでも妙な噂がはびこり始めたのである。今度は土地柄か、黒髪の民の昔の王ダイラゴインが飛竜に乗って再来し、人々を新しい世に導くというものだった。はっきりとではないにしろ、竜上のフェナフ・レッドの姿を何人もが見たに違いない。エオルンは、噂の的は自分だと言っているらしいが、一部では英雄は、黒髪の民の王でありながら金髪だったというダイラゴインそっくりの髪だった、などと囁《ささや》かれていた。

フェナフ・レッドはそんな風聞にうんざりし、何やらうしろめたい気にもなった。もう世継《よつぎ》ではないと自分で決めたのだが、はたして本当にこれでよいのだろうか？　エオルンに向かって「責任をとれ」と言ったが、彼自身こそ、世継として何か為《な》すべきなのでは？

そんなことを考えていた時、船室の戸があいてサチム伯サランが姿を見せた。

サチム伯はずっとテトムにいたので、フェナフ・レッドとあまり顔を合わせていなかった。船上でも、ウェローパらともっぱら部屋にこもって相談をしている。だが今、彼は日なたで伸びをし、葉巻をくわえると、ぶらぶらと近づいてきた。

「暑そうですな、狼嬢《ビアン・ザッシャ》」

真っ先に彼は、舌をだらんと垂らして寝そべるフォディに声をかけ、

「船室はおえら方でいっぱいだからね」

狼は少々皮肉っぽく答えた。

「そりゃ失礼。でもここの方が風がいい」

「何を長々話しあってたんだ？」

バズが欠伸《あくび》混じりに尋ねた。

「たいした事じゃありません。将来の計画といっても、我々は大公と袂《たもと》を分かった小部隊、ミルザムで何ができましょうや」

「ウェローパたちの財産、大公は返してよこしたんだろ？」

「おおかたはね。だが問題は金のことじゃない。金貨なら、あなた方が持ってきた分もたくさんある。しかし、金だけあっても味方は増えませんよ」

「まだ仲間を増やすのか？」

「寄せ集め五十人でカイン・ニディナへ帰ったところで、何ができますかね？　ハイオルン兵や総督の目を逃れて暗い生活じゃあね」

「郊外に潜んで、少しずつ仲間を増やせばどうです？　カイン・ニディナにもトッカテールみたいな結社があったんでしょう？　不満を持つ人たちに呼びかければきっと…」

ソアグが熱心に口をはさんだ。サチム伯は手すりに寄りかかり、ふーっと煙を吐いた。

「まあね、だが大変ですよ、仲間集めってのは。もたもたしてるとハイオルンが勢いを伸ばすでしょうし。皆を一気に団結させるには何か核が要る。ウィルム大公に対抗するためにも。…そこで、あなたに頼みです」

と、彼は突然フェナフ・レッドの方を見て、

「力をお貸し願えませんかね?」

「何だって?」

相変わらずぼんやり話を聞き流していたフェナフ・レッドが問い返すと、

「『星粒糖を作るにはケシ粒が必要』っていうじゃありませんか。あなたが団結の核になってくださらんか、と言いたいんですよ」

サチム伯は軽いながらも、とがめるような口調である。

「どうして?」

「あなたならみんな心を動かしますよ。ソアグ君も言った通り、腹の底ではクライヴァシアンをよく思わない者は結構多いでしょうからな。黒髪の民にはウィルム大公の影響力が大だ。しかしあなたの力はもっと絶大、そうじゃありませんか、お世継どの」

ソアグがはっとしてフェナフ・レッドを見、バズと狼も顔を上げた。フェナフ・レッドの頭にい

つかソアグがトッカテールについて語った言葉が浮かぶ——「ハイオルン軍勢の一つや二つ、叩きつぶすくらいの意気はある——誰か先頭に立つ人がいればね」。

「どうです、ロスナッフがご長子フェナフ・レッド、レープスの世継の君。この際ご身分を公然とお名乗りあそばして、レープスの未来のために活動を開始されては？」

「ご冗談を、サチム伯サラン」

フェナフ・レッドは調子を合わせたが、内心ドキリとした。

「とんでもない。私は忠臣として真剣にお世継どのにお勧めしてるんです」

「ケシ粒になれと？」

「さよう、むずかしいことじゃない。砂糖がひとりでに周りに集まって、大粒のうまい菓子になる」

「…そうしてケシ粒は埋もれて窒息するってわけか。真っ平だな」

突然フェナフ・レッドは真顔になると、突き離すように言った。ソアグは再びハッとなり、サチム伯は葉巻を吸いかけた手を止《と》めた。

「僕はもう世継はたくさんだ。クライヴァシアンは憎いが、かといって君たちの旗印になる気はない。嵐神の息子だの建国王ダイラゴインだの、町の噂だけでも気にさわるってのに、これ以上変なことを言わないでくれ」

フェナフ・レッドはその場を離れ、反対側の舷側に歩いていった。洗濯物を綱に干していたリーズが、心配そうに彼を見た。

そんなことがあってから、サチム伯は二度と「お世継どの」の話をむし返さなかった。にもかかわらず彼は、誰か現れるはずの〝旗印〟のために準備を進めているような態度を、常にとっている。剛力グロッシーを含めカイン・ニディナの面々にも、多かれ少なかれ同じ傾向があった。

「やつらは夢想家さ。あんたの現れる前から、〈黒衣の君〉とやらの再来を本気で願ったりしてた。気にするこたァねえぜ」

とバズは言ったが、それを聞くとフェナフ・レッドはますます気がふさぐのだった。

一行はティーチェンデに上陸し、数日後ネーミエンに来た。この町は北方人が多く、雰囲気もアルネブに近い。そして、あちこちで威張った様子の軍団兵の姿が目についた。

実は領主テミエック公が長年病の床にあり、駐屯地の軍団兵が幅をきかせているのだった。領主の息子レイシッドは大いに不満だった。王家の血を引く名門なのに、当主の長患いのせいで都から忘れられた年月が続いた上、昨今はクライヴァシアン伯におもねる軍団長がますます増長していたからである。

一行はモルテム金貨に助けられて、レイシッド・テミエックに面会した。そして彼らのもたらした情報や、主にサチム伯の熱弁が、まじめで誇り高いレイシッドを奮いたたせた。彼はその場でこぶしを握りしめ、こう宣言した。

「ディーエム平野の騒ぎはいずれミルザム全土に広がる。我が父上の町でも軍団兵の力をそぐことが必要だ。さっそく私兵隊を増強し、町衆とも話しあおう」

ウィルム新大公が黒髪の諸侯を押さえ、テトムの軍団兵まで掌握したと聞いて、彼は北方人領主の後とりとして刺激を受けたようだ。

「それなら我々も喜んでお手伝いします。そのかわり、カイン・ニディナ解放に力をお貸し願いたい。ひいては都で権勢をほしいままにするクライヴァシアン一派を排し、新たな世を迎えるためにもなると存じます」

というわけで、秋の訪れまで、一行はネーミエンでレイシッドの手足となって活動した。本格的な戦いは一度もなかったが、レイシッドが軍団兵の行動を制限し始めると、緊迫した場面もあった。

フェナフ・レッドたちは情報集めや見張りの合間にメルセト川で釣りをしたりして、田園の夏を楽しんだ。川床でとれる淡い緑の貴石がこの地方の名産と聞き、フェナフ・レッドはその石を小さな玉飾りにした耳リボンを買って、リーズに贈った。伝説の姫君の娘としてきれいに装ってもよいはずのリーズが、仲間の他の女たちと一緒に料理や洗濯をしているのを見ると、何やら彼女に悪いことをしたような気分になるのだった。

とうとう軍団兵は駐屯地に押しこめられ、軍団長は領主の館で監視されることになり、レイシッドは満足した。彼は〝カイン・ニディィナの亡命の方々〟に荷馬車を用意し、町の奪回には私兵隊の一部を派遣しようと約束した。

「あなた方はエンシェン・ハイへ向かうとか。それなら領主ドルチルム伯へ、私の書状を持っていくとよい。援助してくれるかもしれないから。あなた方が多くの仲間と歌姫神の幸運に恵まれんことを」

レイシッドは別れの日、館に全員を招いてそう挨拶し、その後やや声を落として、

「ティーチェンデからの報《しら》せでは、最近、港で怪しい者があなた方の行方を尋ねたそうだ。くれぐれも気をつけて」

レイシッドの忠告はもっともだった。彼らがカイン・ニディィナの財産を持っていることは、いつの間にか世間に知れていたし、人家のまばらな海沿いには盗賊が出没するという。案の定、海岸街道に出て二日めの嵐の晩、木蔭《かげ》で雨宿りしていると、二人組の泥棒に金貨の箱を一つ、かっさらわれた。

箱を担《かつ》ぎ馬で逃げる盗《ぬす》っ人《と》を、狼のフォディが追いかけ始めた。ソアグが馬車の後ろにつないでいた替え馬を次々に放し、フェナフ・レッドを含めた四人がとび乗って後に続いた。追分《おいわけ》からカバグへ続く峠の方へ夜道を追っていくと、不意に風雨の中からラッパが鳴り響いて、三十騎ばかりの騎兵が整然と現れ、たちまち夜盗どもを取り囲んで捕まえた。

「ありがたい！　実にいい時に来てくれなすったなあ」

剛力グロッシーが礼を言うと、騎馬隊の長はぬれた鎧《よろい》を光らせながら、ワルディ伯の私兵隊だと名乗った。街道の安全のため、付近を哨戒しているという。そして、

「一つ尋ねたい。もしやそなたらの中に〝客人レッド〟という御仁《ごじん》はおらぬか」

思いがけないことを訊いてきた。

「ウィルム大公が、以前、恩を受けられた客人レッドと連れのリーズという婦人に会いたいとお望みだとか。我々は噂を頼りにこうして捜している」

隊長は冑《かぶと》を取り、やや丁寧な口調でつけ足した。

「僕がレッドだ」

フェナフ・レッドは雨除けのフードをはねのけ、挑むような声で言った。横のグロッシーが気づかわしげに彼を見ている。騎馬隊長は驚いた顔で、ぬれそぼり泥はねのついた彼の服装を眺め回した。

「せっかくだが大公に伝えてくれ、僕は会う気はないと」

フェナフ・レッドは馬首をめぐらし、かかとで馬の腹を突いて走らせた。取り戻した金貨の箱を抱えたグロッシーやフォディも続く。騎馬隊は引きとめなかった。

「あ、帰ってきた。金貨も無事ですね、よかった！」

仲間の所へ戻ると、どしゃ降りの中、ソアグが大声で迎えてくれた。ところが他の皆は緊張した様

子で、いっせいにフェナフ・レッドに視線を向けた。

「どうしたァ？　金貨が戻ったってのに」

さっきの騎馬隊とのやりとりを話す前に、グロッシーが一同を見回して訊いた。

すると、ぬれた前髪をかき上げながら、バズが低い声で、

「別なお客があったのさ、あんたらの留守中に」

横からジルカーンもわけ知り顔に、

「それがあいつらだったんだよ、レッド！　〈花咲谷《メイチェム》〉村の争議の時、森の側で襲ってきた…、あの赤毛のノッポとその手下！　ルビアさまにかけて、あの顔には覚えがある」

「何…」

「〝客人レッド〟を捜していたぜ。俺たちの顔を一人一人確かめた後、行っちまったが」

バズは腕組みをした。グロッシーがウィルム大公も客人レッドを捜させていると話すと、一同は黙って顔を見合わせた。それから、クルフィオが不機嫌さを抑えた声で、

「さっきのはいったい何者だ？　なぜ君を捜す？　ずいぶん乱暴な者たちだったぞ」

「…彼らは〈白花の剣士たち〉だ。僕を捕えようと…あるいは抹殺《まっさつ》しようとしている。理由は言えない。迷惑をかけたのなら…そうだ、僕はみんなと別れてもいい。そうすれば君たちは安全に旅を続けられる」

フェナフ・レッドは捨てばちになってそう言った。エオルンの〝指名手配〟も嫌だが、今頃になってクライヴァシアンの追っ手、しかもあのヴァスカ・シワロフ！　メイチェム村や花祭の時の恐ろしさが甦《よみがえ》る。今度襲われたら助からないだろう。それもこれも、世継であるせいだ。彼は自分の運命を呪った。

「白花の…そうか。いや、別に構わんのだが」

少し慌ててクルフィオはなだめる口調になった。側からウェローパも、

「私たちとて同じこと、処刑されそうになった身だから、神経質になっておる。分かってくれ」

「まあとにかく全員無事だった。もう一ふんばり、出発しようじゃないか」

グロッシーが皆に声をかけた。

フェナフ・レッドはしばらくその場に立っていた。海からの風が横なぐりに雨を頬《ほお》に吹きつけ、唇が塩でヒリヒリする。馬車を囲んで歩きだした仲間たちの姿は、雨と闇にまぎれてよく見えない。衝動的に彼は皆に背を向けた。このまま道をそれて独りで行こう、そう思ったのだ。

だが二十歩と進まぬうちに、二つの人影が追いついてきた。

「夜の独り歩きは危険ですよ」

無精鬚《ひげ》からポタポタ雨をしたたらせたサチム伯と、

「どうしても行くんなら、ルビアさまのお導きに従って私もついて行くよ」

竪琴や薬草の袋を抱えたジルカーンだった。

「放っといてくれ」

むしゃくしゃしたフェナフ・レッドは、はき捨てるように言った。

「そうはいかない。向こうでリーズ嬢も心配してます」

サチム伯はとぼけた口調だったが、右手でがっちりと彼の肩をつかんでいた。

フェナフ・レッドはリーズのことを忘れていたのに気づき、自分に腹を立てた。確かに彼女を見捨てていくことはできない。

（彼女も、彼女の運命も。やれやれ、自分の運命さえもてあましているのに、どうしたらいいんだ、ロルセラウィンの娘を）

「さあさ、戻った戻った。風雨をついて、いざ出発」

サチム伯は追いたてるようにフェナフ・レッドを連れ戻し、一行は再び雨の街道をたどり始めた。彼らを覆い隠そうというのか、嵐は海岸に居座り、小石の浜に叩きつける波は不気味な白い飛沫を散らしていた。


さて、ニディナでは二年続いた天候不順の夏がゆき、人々は気の晴れぬ日々を過ごしていた。サイルウィントス王も病気がちで戸外の宴などもなく、貴族たちの話題はしめっぽい。そして、ニハルやミルザムから届く騒乱の噂ばかりがひそひそと聞こえるのだった。

「ウィルム大公は先日、ボーヴォルン伯を虜《とりこ》にし、とうとうディーエム平野全域を押さえたとか」

「何でも民衆が大公の命令でボーヴォルンの町を攻めたらしい」

「ではニハルの民衆組織がファウニスを占領したのと同様…」

「さよう。軍団兵も役立たずだそうだ。ファウニスでは暴動を黙認して都に報せもよこさず、またテトムでは駐屯地ごと降伏してしまったという」

「クライヴァシアン伯はどう対処なさるつもりだろう…」

そんなある日、城の執務室にクリンチャー伯が呼びだされた。彼は型通り、まずからっぽの玉座に敬礼してからクライヴァシアン伯に歩み寄った。

「ああ、挨拶はいいからかけたまえ」

クライヴァシアン伯はやや疲れた様子で椅子にもたれ、葉巻にランプから火をつけた。

「ミルザムから伝書が来た。ネーミエンの軍団からの定期連絡が途絶えた件だが、隠密によれば、軍団長と主だった士官がテミエック公の邸に軟禁されているということだ」

「何と…テミエック公といえば明日をも知れぬご病体だったのでは？」

クリンチャー伯は太い眉をつり上げた。

「若い息子が指揮したようだ。ウィルム大公の動きに触発されたのだろう。…ミルザムをこれ以上、放ってはおけぬ」

「アルネブから軍団兵を投入なさるか？」

すかさずクリンチャー伯は訊いた。本来こうした協議は総司令の仕事だが、近衛隊長でしかないクリンチャー伯の方がクライヴァシアン伯の信頼は厚い。

「いや、ハイオルンにあまり大ごとだと思われたくない。内乱につけこまれたコルピバの二の舞はごめんだ。騒ぎの中心であるウィルム大公の真意を早急に探り、多少の譲歩をしてもよいから、とにかく騒乱を鎮めさせねばならん。で、その交渉には、彼の義弟である君が適任だと思うのだが」

「大公とまともに話しあえましょうか」

「ハイオルンの脅威を説けば、頭のある者なら理解するはずだ。今、ハイオルンに弱みを見せてはならん。兵の派遣に踏み切る前に、君と君の奥方とでミルザムに渡り、何とか大公を説得してもらいたい」

君の奥方、と聞いてクリンチャー伯はふと暗い顔をした。大公の妹である妻トリオーナとの仲は、ずっと冷え切っていたのである。

やがて退室したクリンチャー伯が、考えこみながら廊下を歩いている時であった。突然現れた人物が彼を呼びとめた。

「ほんの麦酒の沸く間、こちらへ来てくれんか」

「ネウィンドどの」

声の主、ネウィンド・ミルダインは小部屋の一つへ彼を引きこむと、灯りもつけずに、

「クリンチャーどの。ミルザムへ行く前に、カイン・ニディナのハイオルン駐留隊長に会ってほしい。私が橋渡しする」

一息に言った。そしてクリンチャー伯の怪訝《けげん》な顔を見ると早口に、

「貴公にはお分かりと思うが、近頃のミルザムやニハルの情勢、もはや小手先ではどうにもならん。ハイオルンは我らの対応に注目している。そして秩序を取り戻すのに手を貸すと言っている」

「ハイオルンに援助を請うと言うのか。クライヴァシアン閣下はそれだけはせぬおつもりだぞ」

するとネウィンドはまっすぐに彼の目を見据えて尋ねた、

「では貴公がミルザムへ出向けば、ウィルム大公の勢いを止められるとお思いか」

クリンチャー伯は返答に困ってネウィンドを見つめ返した。冷徹な目、感情を出さぬ薄い口もと。黒髪の民だがずっとアルネブに住み、独立独歩で力を築いてきたミルダイン家の八代め——先代の息子ムンクスがコルピバで死んだので、ネウィンドが家督を継いだのだ。野心家で容赦ない点では、クライヴァシアン伯以上かもしれない。

クリンチャー伯はネウィンドの描写を頭の中でざっとさらうと、小さく笑って答えた。

「私は近衛隊長にすぎない。命じられれば全力で取り組むだけだ」

「クリンチャーどの、貴公には分かっているはずだ。隠密を送ったり現地の兵を当てにしたり、クライヴァシアン閣下の今までの方法で結果がどう出たか。ニハルの自治都市は野放し、ミルザムは嵐のただ中。閣下は『ミルザムの大小伯をずらりと並べてハイオルンに見せつける』などと言っとられたが、もう無理だ。より強い力で何とかせねば、しまいに都まで危うくなりますぞ」

「…そうだな」

相手の気迫に押され、クリンチャー伯はついにそう言った。実は彼も最近、クライヴァシアン伯のやり方に不安を感じていたのだ。

「では、ハイオルン側と話しあおうではないか。これ以上、閣下だけに任せてはおけぬ」

（しかし、頼るにはあまりに危険な相手だ、ハイオルンは。そしてネウィンド、貴公も）

クリンチャー伯はそう考え、口に出しては、

「…今すぐには答えられない」

とだけ言って部屋の戸をあけたが、その耳もとにネウィンドは囁いた、

「時はさしせまっておりますぞ」

クリンチャー伯の後ろ姿を、やや首をかしげて見送ったネウィンドは、数刻後、自室でヴァスカ・シワロフ宛てに伝書をしたためた。「エンシェン・ハイ港でクリンチャー伯夫妻をお迎えし、この書状を見せて護衛に加えてもらうように」。さらに、紙を改めて書きついだ――「以下は破り

捨てること。クリンチャー伯は大公と会談の予定だが、一方で閣下には内密にハイオルンとの交渉にも参画している。彼の言動を見張り、不審な点は報告せよ。ひき続き、世継の君の捜索も怠るなかれ……」

黒髪の民の星暦で〈帯の宝石〉と呼ばれる銀河の白い星が西へ移ろうにつれ、秋が深まってゆく。下《しも》の黄金月の一日、エンシェン・ハイ港にいかりを下ろす快速船の姿に、人々は重要人物がやって来たと噂した。

「ドルチルム伯の城へ向かったよ」

様子を見に行った狼のフォディは夜になって戻り、そう報告した。

「で、誰なのだろう、わざわざ暗くなってから上陸とは」

マンステアン果実酒《ワイン》のコップを揺すりながら、クルフィオが首をひねった。

「中心人物は護衛や迎えに囲まれてて、匂いすら分からない。でも町衆は、クライヴァシアン伯の使いがウィルム大公に直談判《じかだんぱん》しに来たんだって言ってる」

「直談判か。誰がどんな条件をたずさえて来たのやら」

と、隣でやはりワインを飲んでいたウェローパも、顎《あご》に手を当てて考えこむ。

この二人は豪商の生活が抜けず、エンシェン・ハイのトッカテール幹部が貸してくれた空き家の一番いい部屋を使い、夕食後には必ずマンステアン酒を楽しむのだった。

「まあいいでしょう。我々も明日、領主どのを訪ねて探ってみようじゃないですか」

机の端からサチム伯が言った。こちらは例の葉巻を切らしたことがなく、今も身辺に高雅な煙を漂わせている。

フォディが部屋を出ると、サチム伯もついて来た。階下は、もとは指物《さしもの》屋の仕事場だった広い部屋で、男たちが藁《わら》のマットや古い寝台にゴロゴロしており、麦酒の匂いがして何ともむさ苦しい。

「やあ、お疲れさん。どうだった？」

積みあげた木箱の天辺《てっぺん》に座っていた剛力グロッシーが声をかけた。フォディは報せをくり返し、それから鼻を鳴らしてつけ加えた。

「二階とここはえらく違うね。旦那方は金貨を使うばかり、ここじゃ金貨の番ばかり」

「まったくさ。エンシェン・ハイに来てもう十日以上だ。そろそろ何か始めようぜ」

一人が言い、他の者もうなずくのを、フェナフ・レッドは隅から眺めていた。この町でも軍団兵が近くに駐屯していて、思ったほど自由な雰囲気はなかった。頼りのトッカテールも、収穫祭までは兵を刺激しない方がいい、と今は息をひそめている。

「明日こそ、ネーミエンのレイシッドどのが書いてくれた親書を城へ届けますよ」

サチム伯が皆に向かって言い始めた。

「領主ドルチルム伯にも会えるでしょう。領地境の巡回中だとか、理由を連ねて面会を拒んでましたが、今度は大事なお客も来たことだし、居留守は使えない。彼はウィルム家の親戚だが、例の葬儀の時はごたごたに加わらず宿にこもっていた…どうも態度のはっきりしないお人のようだ。彼が我々に協力してくれるのか見極めたいし、今晩来た密使のことも探ろうってわけですよ」

「ふん、あんたはせいぜい活躍するさ。俺たちゃ暇をもてあますぜ」

サチム伯は彼らをなだめながら近づいてき、フェナフ・レッドは下を向いた。なるべく彼の目にとまらぬようにしているのだ。しかし、伯はつと隣へ来て木箱にもたれると、

「あなたも退屈そうですな、客人レッド」

葉巻を出しながら話しかけてきた。フェナフ・レッドは用心深く、

「久々にゆっくりできてホッとしてるよ」

「そうですなあ。私もニディナにおさらばして一年半、あっという間に経《た》ちましたよ」

サチム伯はフェナフ・レッドにだけ聞こえる程度に声をひそめ、思い出話を始めた。

「…そうこうするうち、ほら、リファインどのの事件、〈マントの式〉での。あの頃からニディナの噂さえ聞くのが嫌になってね。世間を見て歩こうと、身一つでぶらっとカイン・ニディナへ行ったんですよ。サザルダイクにリファインどのを訪ねた後のことでした。まさか、彼が亡くなるとは…あの若さで…」

フェナフ・レッドは目の奥がチリチリするのを隠そうと体を固くしながら、サチム伯が話しやめるのを待った。だが、

「ところで、シャトーレイ公の持ち物は売られたり王家に引きとられたりしたと聞きましたが、あの立派な槍はどうなったでしょうな？　ご存じありませんかね？」

「…さあ、どの槍のことだか」

「自由公が黒衣の君《デール・パイノフ》にもらったという大槍ですよ、もちろん。ああいう逸品には私も興味がありましてね。競りなんかで、何のゆかりもない者の手に渡っちゃあんまりだと思って、実はワンティプル老に話を持ちかけ、行方を捜したんです。しかし見つからなくて…」

これを聞いてフェナフ・レッドはついに目頭が熱くなり、

「槍は手の届かない所へ行ってしまった」

思わず答えていた。

「手の届かない？　まさか〈森屋敷〉と一緒に灰になったんじゃないでしょうな」

「…古井戸の中に。デール・パイノフに言われて僕がそこへ投げ入れたんだ」

フェナフ・レッドは前を向いたまま囁いた。あの炎と森の静寂、たちこめる煙、頬に触れた冷たい雪などの記憶が喉もとにつかえ、咳《せ》きこみそうになる。

「あなたが…？」

サチム伯はフェナフ・レッドの顔に抑えきれず浮かんだ表情を見て取ると、

「今でなくて結構ですが、いつかもっと話してください、レッドどの」

静かに立って彼から離れていった。

翌日、フェナフ・レッドが物思いに沈む間に、ウェローパとクルフィオ、サチム伯の三人はレイシッドの書状をたずさえて領主の城へ出かけていった。

丘の上の城はニディナ城を模してか、海に面した庭の三方を回廊が取り巻いていた。南国風に大小の木が植えられ、さらさらと梢《こずえ》を鳴らしている。待つようにと通された控室を、サチム伯は一人抜けだすと、邸内を鑑賞する風情で回廊を歩いた。そのうち中庭の向こうで扉が開くのを見つけて、目をこらす。と、その茶色い瞳が大きくなり、口もとには微笑が浮かび…、彼は礼儀正しく敷石の端へ寄って、出てきた人物が近づくのを待った。

やがて角を曲がって現れたのは、幕僚武官の赤い陣羽織を着、細い腰には少々重たげな剣を吊ったクリンチャー伯夫人トリオーナであった。

「これは奥方！　こんな所で、お久しいですな」

サチム伯は大仰に両手を広げ、黒髪の民の最敬礼をした。トリオーナの方はびっくりして声も出ない。後からついて来たお供《とも》の兵士らが、怪訝そうに身構える。

「深夜の密使はあなたでしたか！　クライヴァシアンどのも、なかなかおやりになる」

「…どうしてここに」

「それには深いわけがね。あちらで少しお話でもしませんか」

「…どうしてここに」


と、身ぶりよろしく彼女を木蔭へ誘いながら、サチム伯は護衛たちにちらりと目をやった。トリオーナはまだ動転したまま、彼らに先に行くよう合図したが、

「いや構いませんよ、そのまま。ああ君、前は第三隊の伝令だったね」

サチム伯は馴れなれしく一人に話しかけた。その兵士は目を丸くし、すっとんきょうな声で、

「あなたは！　サチム伯では…!?」

「覚えていてくれて嬉しいよ。こっちの君は確か南ニディ伯の甥だね。叔父上はお元気か？　…だが、君は誰かな」

サチム伯は三人めの長身の男に言った。

「新参者ですから」

その男の返事に、トリオーナが傍らで眉をひそめる。それを横目に確かめたサチム伯は急に語調を改め、

「そうだろうとも。先日までは街道で旅人に無礼をはたらいていたからな」

男はハッとして、とっさに剣の柄《つか》へ右手をさまよわせた。

「ほらほら、殺しの手癖が出ているぞ。奥方、この男があなたの用心棒とは残念ですな。この間、

夜盗のように私たち一行につっこんできた男でね。人捜しだとかで、刃をちらつかせて乱暴な口はきく、顔に灯りを突きつけて回る、あげくに謝りもせず馬をすっとばして消えうせたんですよ。こんな輩《やから》が幕僚づきとは信じがたいですな」

「でたらめだ」

男は目をつり上げて否定したが、サチム伯は尊大な態度を崩さず、

「君は私を覚えておらんのだろう。だが私はあんな狼藉《ろうぜき》者の顔は忘れんね。…失礼だが奥方、このゴロツキは追い払っていただきたい。貴婦人の側には似つかわしくないですよ」

トリオーナは判断が早かった。彼女は毅然《きぜん》として護衛たちに向き直ると、

「ヴァスカ・シワロフといいましたね。今聞いたことが事実かどうか調べるまで役目を外します。セイーストス、ピュエッド、彼を連れていって控室で待っていなさい」

二人の兵士につかまれた腕を、ヴァスカは舌打ちして振り払ったが、

「見苦しいぞ、隠密君。白花の剣士も地に落ちたな」

サチム伯の追いうちに、瞳を青く光らせて彼を睨《にら》むと、自分から大股に立ち去った。あとの二人も慌ててついて行く。

「あの男、ミルダイン伯の書状を持ってきたので、昨夜、仕方なく供に加えたのです。白花の剣士だとしたら、私の側で何をするつもりだったのでしょう?」

トリオーナは沈んだ表情になって言った。

「私のような者が奥方と接触するのを見張る役目ですよ、おそらく」

サチム伯の方は軽い口調に戻り、中庭の端、海の見える辺りまで歩いてゆきながら、

「それとも仲間内で間諜《かんちょう》を暗躍させるほど、昨今のニディナは暇なんですか」

トリオーナはニコリともせず、サチム伯を見据えた。

「暇などころか…、でもあなたこそ何をしているんです、ここで。まさかずっとドルチルム伯のお客になっているわけじゃないでしょう」

「手厳しいですな、相変わらず。私もさしずめ密偵といっていい。昨夜着いた密使の目的を探るためのね」

「何ですって。誰の密偵です、私の兄のですか?」

「残念ながら違います。むしろウィルム大公を避けてこの町へ来たんです。連れのカイン・ニディナの商人たちが、大公のもてなしは金輪際受けたくないというのでね」

「カイン・ニディナの！　では兄と黒髪の領主たちのもめごとの原因となった亡命者たちですね？あなたは今、何をやってるのですか？　その人たちを頼みにクライヴァシアン伯に対抗するつもりですの？」

サチム伯はちょっと驚いたように身じろぎした。

「大胆な質問ですな。いやいや、そんな大それた考えなどありませんよ。ただ私は時の潮《うしお》が変わるのを待っているんです。あなたは感じませんか、今にこの世の輪が大きくめぐる予兆を——嵐神《ネスナップ》の子が嵐を呼び、金髪王ダイラゴインが再来して竜を駆る…巷《ちまた》の噂を聞いてごらんなさい」

ざれ言めいて妙なことを言うサチム伯を、トリオーナはいぶかしげに見上げた。視線に気づいた伯はニヤリとして、

「それはそうと、やけに兄君のことを気にしていますね？　あなたの任務は大公との交渉か何かですか？」

「…それは…」

その時、バタバタと音がして、さっきの護衛の一人セイーストスが駆けてきた。

「トリオーナさま！　ヴァスカ・シワロフが逃げました。我々の制止をふり切って…」

「何てこと、すぐ捕まえなさい。城の兵士に知らせましたか？」

「しかしシワロフはもう城外へ…」

「追いかけたまえ、仲間がいるはずだ」

脇からサチム伯が言った。そこへ騒ぎを聞いて城主ドルチルム伯が現れたが、トリオーナとサチム伯が一緒にいるのを見て、口をあんぐりあけてしまった。

同じ日の夕刻、フェナフ・レッドは十人ほどの仲間に誘われて「九人の波乙女亭《ギンギル・フォドゥレ》」という下町の店で食事をしていた。店内は水夫や荷役の男たちで賑《にぎ》わい、香辛料と揚げ物の匂いでむんむんしている。炉の側ではさっきから六弦琴を披露《ひろう》していたジルカーンがちょうど一曲終えて、深々とお辞儀した。

「上手ですねえ」

仲間の内ではソアグだけが感心してさかんに拍手している。

「どこが。ここはメイチェムの田舎じゃねえんだ、恥ずかしいからやめてほしいぜ」

皿から顔も上げずにバズがけなした。

「そういえばメイチェムじゃリーズもよく歌ってたね。一緒に連れてくればよかったのに、レッド」

と、机の下で骨をかじりながらフォディ。それを聞きつけて、

「おう、お前さんとリーズはいい仲なのかい？　やけるねえ」

皆の世話をしている地元の若者が、ぽんとフェナフ・レッドの肩を叩いた。

「そんなことはない」

きまじめに彼はうち消したが、

「大公館でも急にいなくなったと思ったら、次の日ちゃっかり彼女を連れてきやがんの」

みんなは何やかやと冷やかし始める。

確かにフェナフ・レッドは前からリーズが気になっていた。だが〈風吹館《かぜふきやかた》〉以来、ロルセラウィンの娘という事実抜きには彼女のことを考えられなくなってしまった。最近は、たまに口をきくことがあってもお互い気兼ねして、ろくに会話が続かないのだ。

上座の方では、ジルカーンがまた演奏を始めようとしていた。

「見ろよ、今度はあの赤い竪琴だぜ」

フライシュが言っている。ちょうど彼らの前にいた男が二人、店を出ていったので、皆は席をつめた。やがて火炎琴《きん》の弦がシャララーンとふるえ、流れるような弾き語りが始まった。

谷が深雪《みゆき》に閉ざされて、
炉の火の赤く燃える頃
暗き森より下《お》りきたる、
旅に疲れし男あり

ジルカーンの背後、チラチラする炉の火の中に、ゆらりとメイチェム村の景色が浮かびあがった。

フェナフ・レッドはまずいと思ったが、客たちはじっと聞きいっている。

風にきらめく金の髪、
憂《うれ》いに優し　そのまなこ
強者《つわもの》たちのつどいたる、
炉辺を雅《みやび》に照らしたり

森の魔性が猛《たけ》りくれば、
一撃のもと追い返す
かの細腕に秘められし、
王の力を皆は知る

火影に映る幻は、フェナフ・レッド自身の姿だ。バズがそっとふり向き、肩をすくめてみせた。

春なお遠き雪の日に、
川下《しも》より響く戦の音《ね》
かの人もまた剣をとり、

群れだつ敵に立ちむかう

悪逆非道の一団に、
ふるう刃は容赦なく
倒れし輩《ともがら》 抱き起こし、
流す涙は雪とかす

豊かな蔵も燃え落ちて、
味方の命運尽きし時
かの人再び森へ去る
花咲谷に春遠し

「…やめてくれよ、〈新しき王〉のことをほのめかすのは、しかもあんなに美化して」

店を出た時、鼻歌混じりのジルカーンに、フェナフ・レッドはそっと言った。港町はまだ宵の口で、昼の勤めを終えた軍団兵の姿も酒場に出入りしている。

「いい出来だったろう、かがり火と海風に誓って。少し古風な節回しで上品に仕上げたし。みんな喜んで聞いてたじゃないか」

「冗談じゃない。お願いだから僕をそっとしておいてくれ」

するとジルカーンは大きな口を曲げて、独特の静かな笑みを浮かべた。

「〈波甘き国〉へ行っちまえ、ですか？　そうできたらいい、安らかに寿命をまっとうして楽土に行けるなら」

歌うように言ってから低い声になり、

「〝血ぬられたサザ〟の後、ツェンダ家の者は彼の殺した人々の鎮魂のために歌い続けてる。でもね、それでもサザの子孫は悲惨な死を遂げるって、私の親父は言ってましたっけ。ルビアさまもお救いくださらない、いつか新しき王が石の呪いを解くまでは――って。親父が去年、コルピバの戦で殺された時、私はレープスへ渡ろうと思ってね。炎の封印にかけて、新しき王を捜してその人の歌を作ろうと」

「…君は本当にサザの子孫だったのか」

フェナフ・レッドはジルカーンのひょろ長い手足、ごつごつした顔立ち、淡色の瞳などを横目に見て言った。

「この国じゃサザの名は嫌われるから、詩人リズライシの子孫と名乗ってます」

ジルカーンはまた寂しい笑いを見せたが、すぐいつもの声に戻って、

「とにかく、ルビア信徒の楽士〈共鳴者〉の歌に文句などつけたら、あなたこそ波甘き国へ行けなくなるよ」

フェナフ・レッドは何か言い返そうと口をあけたが、結局やめた。リーズの運命ばかりかジルカーンの、いやツェンダ家の運命までが、彼の前で宙ぶらりんになっている。

「おい、もう一軒行こうや」

ほろ酔い気分の仲間たちと別れ、フェナフ・レッドは霧の出始めた道を宿のある職工町の方へ折れた。

と、角から急に走りでてきた小男がフェナフ・レッドにドンとぶつかると、何かを落としたまま慌てたように去っていった。

「おい、これ…」

彼が小さな布包みを拾いあげた時には、男は霧の中へ消えていた。妙だなと思いながら何げなく包みを開くと、中の薄板に書かれた荒っぽい字が彼の目にとびこんだ。

〝リーズは我々の船にいる。「白き翼《イルノイセ》」号まで至急、一人で来られたし〟

板が音をたてて石畳に落ち、包みから小さな物がさらに二つ、フェナフ・レッドの手のひらに転げでた。緑石の玉のついた耳飾りのリボンが一組、ネーミエンで彼がリーズに買ってやったものである。

心臓がドキンと一拍打ち、フェナフ・レッドは急いで板切れを拾って読み直した。

(「リーズは我々の船に」…さらわれた⁉　リーズが…ロルセラウィンの娘が!)

彼は注意を怠っていたここ数日間の自分を呪った。

(街道であれほど狙われたのに。しかし、これはまさかエオルンではあるまい。こんなやり方は、やつらだ…ヴァスカ・シワロフ!　だが、リーズをさらうなんて!　やつらは彼女の秘密を知らないはずなのに…)

かっかと燃えだした頭を抱え、フェナフ・レッドは宿にとびこんだ。ウェローパらはまだ城から戻っておらず、残っているのは、当番で金貨の見張りをする十人ほどだけだ。

「リーズを知らないか」

「台所だろ。ははァ、彼女を誘いに戻ってきたな」

フェナフ・レッドは身を翻してまかない所へ行った。灯りはついているが誰もいない。二階に駆けあがる。女たちの部屋を叩くと、

「リーズならお皿洗いしてくれてるわ。くじ引きで、彼女が外れたの」

という眠そうな声がした。

フェナフ・レッドはもう何も訊かずに一階へ戻り、裏口から外へ出た。霧はいよいよ濃く、裏通りは綿がつまったように真っ白だ。彼はぶるっと身をふるわせてから、港へ続く坂道を一直線に下

りていった。

桟橋には大小の船がぼんやりと灰色の輪郭を見せている。手前に番屋があって、ぼやけてふくらんだように見える灯の下、抜け荷を見張る役人が座っていた。フェナフ・レッドは〝イルノイセ号〟はどこかと尋ねた。

「気をつけな」

水夫あがりらしい赤ら顔の男が答えた。

「さっき、ご領主さまの兵士も聞いてきた。明日にも、お調べがあるかもしれんよ。南の桟橋の一番先だ」

（やはりヴァスカの船に違いない）

フェナフ・レッドは確信して歩いていったが、みぞおちがキリキリ痛みだした。家族を殺し、彼をつけ狙う刺客のもとへ、自分からのこのこ出向こうとしているのだ。あの残忍な剣で斬り殺されるか、クライヴァシアンの前に連れていかれるか、いずれにしても世継であるがゆえに死ぬことになるだろう。パリナのカルタの札のことが、ふと思い出された。「〝王者の剣〟と〝死神〟、どちらの剣もあなたの方を指していた」……

そして彼は思った。嵐と火と死、呪われた石と聖峰と〈廃市〉、姫君の娘と鎮魂の楽士と大公の野望…、それらを知った以上、ただのレッドとして「安らかに寿命をまっとう」するなど、ジルカーンじゃないが無理なのだ。

栈橋の突端、渦巻く霧の中に、二対の砲座を持つ白い船体が浮かびあがった。帆は上がっており、もやい綱を外せばすぐにも夜の海へ滑りでていきそうだ。

渡し板の上に、さっき包みを落としていった男がつっ立って見張っていた。フェナフ・レッドを見ると、

「来やしたね。さ、早くこっちへ」

周囲を気にするらしく、せかせかと手招きする。フェナフ・レッドはその顔をメイチェムの上流の焚火の側で、またニディナ城の〈星姫の木立ち〉で見かけたことを思い出した。

「リーズを連れてこい。僕の目の前で彼女を自由にすれば、言うことを聞いてやる」

彼は冷たい、はっきりした声で言った。恐怖感はもう去り、ただ早く片づけてしまおうと思うだけだった。

見張りの男は、とぐろを巻いた綱のある右の方へ小さくうなずいた。何の合図かとフェナフ・レッドはそちらへ身構える。が、
ヒュン、ビシッ！

…罠だった。背後で弓弦が鳴り、彼はふくらはぎに衝撃を受けて前へつんのめった。ふり向いた時、左手の海から躍りでてきたように見える男に突進され、

ガツン！

こめかみを殴られてばたりと倒れる。

「急げ！　そいつを運び入れろ。それから艀《はしけ》をどかせ、出港の邪魔だ」

早口の命令、石畳に数人の足音。

（ああ…船の側に艀が…そこにこいつらは隠れていたのか）

そんな推理の後、彼の意識はふわっと軽くなり、体から飛び去っていく感じがして——

——気がつくと闇の中にいた。どれだけ時がたったのか、眠りから覚めた時のようで記憶がない。まさかこの非常時にトンネル内で寝こむなんて、考えられないが…、僕はそろそろと手足を伸ばした。とその時、ドーンという音とともにぐらっと辺りが揺れ、僕は床に転がった。何だ？　地震？　手さぐりで起きあがったが、驚きと恐怖で動けない。と、またドドーン！　暗闇がふるえ、パラパラと岩のかけらが落ちてくる。十秒ほどして、三たびドーン！

まるで誰かがこの岩山に体当たりしているみたいだ、そう思うやいなや、はっと血の気がひいた。「誰か」って、それはあの海竜じゃないか？　ドドーン、衝撃は続く。海竜が力まかせに洞穴の口を壊そうとしているのだ！　僕はガタガタ歯の根を打ちあわせ、絶望的になって、ドドーン、ぎゅっと目をつぶった——

——ゴロゴロ、ザーザーと床が不気味な響きを伝えてくる。フェナフ・レッドはズキズキする頭の痛みに耐えながら、固い所に横たわっていた。話し声がするので、気絶したふりをして耳を澄ます。殴られたせいか、自分も周囲もぐらぐら揺れている気がした。

「ネウィンドの旦那が言ってきた新しい仕事、途中で放りだしちまいましたねえ」

と、渡し板にいた男の声。そして答えたのはさっき命令していた声で、

「『旦那』はやめろって、リールケ。俺たちゃあいつの私兵でも奴隷でもねえんだぞ」

「でも『あいつ』のくれる金貨のために、あっしたち働いてるんでしょ。各地の動静報告の他、飽きもせず世継の君を捜し回って…」

「うるせえな」

「…で、エンシェン・ハイでの新しい仕事ってのは、もういいんですかい?」

「ああ、邪魔が入ったからな。第一、向こうにも変更があったようだし…クリンチャーの女房だけが現れたんだからよ。アルネブに着いたら伝書に書く」

「けど、あっしたち、とうとう捕まえたんですぜ、世継を。早くネウィンドの旦那に知らせて驚かしてやりやしょうよ」

「『旦那』はやめろってば。海の上じゃ逃げられる心配はねえんだ。それより、あの娘のことをよく調べねえと」

(「クリンチャーの女房」? 何のことだろう。そして…「海の上」。そうか、船底だ、ここは。

もう出港してしまったのか…だから揺れるんだ…）

フェナフ・レッドは床ごと気味悪く揺さぶられ、吐き気をこらえた。その間にも、

「それかいっそシャトーレイの倅《せがれ》を海へ放りこみゃ、テリースさまやロルセラウィン姫、それにレイスドゥインお嬢さんのいい供養になるこってしょうぜ」

「お嬢さんを死人と一緒にするな」

「だって海竜の餌食になったとしか思えねえって、言ってたじゃないッすか。お嬢さんさえ生きてたら、あっしたちこんな人斬りや隠密稼業をせずに…」

「剣士はどうせ人斬りだ。お前だってコソ泥くれぇが関の山よ。だが…俺はお嬢さんが死んだって気はどうしてもしねえ。前に〈海竜の島〉で一度はあきらめた。けど近頃、妙な夢を見るんだ。お嬢さんが暗い穴ん中で助けを求めてるような…。どっかで生きてるかもしれねえ」

「そりゃ未練てもんですぜ」

相手はリールケの最後のつぶやきには答えず、カチャリと金属の鳴るような足音をさせて、

「お前はこの客人を見張ってろ。俺はあの娘に色々訊いてみることにする」

「いいねえ、美人の相手で」

頭上でハッチの開閉する音がした。

フェナフ・レッドは「あの娘」とはリーズのことだと悟った。彼は身をもがき、立とうとしなが

ら、

「約束が違う！　リーズを自由にしろ…」

「おや？　まあそう力《りき》みなさんな」

リールケがパンと足払いをかけると、フェナフ・レッドは簡単に倒れてしまった。両手首を縛られており、また右脚《あし》に、今まで麻痺していたのか気づかなかった鋭い痛みが走った。見るとふくらはぎに包帯が巻かれ、赤く血がにじんでいる。

「恋人さんに手荒なことはしやせんよ。似てるから、ヴァスカが惚れちまうかもしれないけど」

「リーズは恋人じゃない。何の関係もない娘だぞ！」

「でもみんな言ってたでしょ、『ちゃっかり彼女を連れてきやがんの』」

「貴様、それをどこで…」

「どこってそりゃ〝九人の波乙女亭〟でさ。あっしたちゃすぐ前に座ってたんだから」

「…あの時の」

ジルカーンが二曲めを歌う直前、席を立った二人連れがいたことをフェナフ・レッドは思い出した。おそらく宿から尾《つ》けてきたが大人数だったので直接は襲わず、リーズの名を聞きかじって利用したのだろう。

満足そうに煙管《きせる》を吸うリールケの足もとで、フェナフ・レッドはリーズのことを思い、今聞いた言葉を考えた……「似てるから」とは、誰に？　だが船上では、どのみち彼女を救うのは無理だ……

彼は痛みと船酔いのせいで、思考を集中することができなくなった。床のうねりときしみが頭の中で増幅されて恐ろしい地響きとなる——岩山に体当たりをくり返す海竜。

僕は暗い空洞をもがき進んでいたが、出口へ向かっているのか、それともカリュウスたちの方へ近づいているのか、分からなかった。どちらでもなく、ただ迷い続けているのかもしれない。だがドーン、ガガーンという揺れはやまず、じっとしていると気が変になりそうだ。ああ、森屋敷の石室にさえ抜け道があったのに、この洞窟の闇からは、永久に出られないのだろうか——

「あの娘は何者だ？」

急にさっきの声が耳もとで聞こえ、フェナフ・レッドは正気づいた。視界いっぱいの赤みがかった縮れた髪、頬骨の高い白い顔、つり上がった目。だが、初めて真近に見るヴァスカ・シワロフの顔には、意外にも戸惑いの表情があった。

「何者なんだ？」

ヴァスカはまた尋ねた。うち明け話でもするような小さな声だ。フェナフ・レッドが苦しいふりをして目を閉じると、彼はためらいがちに言葉を捜しながら、

「貴様をおびき寄せるために、あの娘の首の物を調べた。一つは王家の紋の石、そしてもう一つは……俺たちはあれを知っている。昔、ロルセラウィン姫の胸にさがっていた、海竜の笛だ」

フェナフ・レッドはきつく目をつぶり、ガンガンする頭で考えた。

（やはりヴァスカはただの殺し屋ではない。ロルセラウィンに関わりがある。…だが）

だが彼らは森屋敷を炎上させ、彼自身をこんなにも痛めつけた。なぜ…

「何より彼女の顔をよく見りゃわかる。ロルセラウィン姫に、そして姫の子のレイスドゥインお嬢さんにそっくりだ」

（レイスドゥイン？　どこで聞いた名だったか？　確か…洞窟…）

フェナフ・レッドの意識は一瞬遠のいて——闇の中の僕の意識となった。ドーン、ドンという地鳴りの間隔は、いらだつように時々短くなる。レイスドゥイン！　彼女を助けなきゃ。洞穴の中の彼女とカリュウスを——

「…洞穴。彼女は暗い…洞穴の中」

とフェナフ・レッドはうめいた。

「何だと」

ヴァスカはいつもの荒っぽい口調に戻って彼を揺さぶった。

「やめてくれ…生き埋めに…なる。ああ、また海竜が…」

フェナフ・レッドは船底にいるのか洞窟にいるのか、自分でも分からなくなっていた。

「暗い洞穴だと。…夢と同じだ」

ヴァスカはつぶやいた。それから、リールケに水を持ってこいと命じた。

フェナフ・レッドは冷水を浴びせられて頭がはっきりすると、もう洞窟については何も覚えがなかった。ヴァスカは舌打ちして、何か考えを変えたらしい。やがてフェナフ・レッドはびしょぬれのまま薄暗い船室に連れていかれた。傷のせいで梯子《はしご》段を上れず、荷揚げ機で甲板まで吊りあげられたのだ。リールケはヴァスカとフェナフ・レッドが部屋に入ると、外からバタンと戸を閉めた。

フェナフ・レッドは目を上げ、水夫姿の男に見張られて奥の椅子に座っているリーズに気づいた。水仕事の前かけをつけたまま、何か言いかけたが声にならず、見開いた目を涙でいっぱいにしている。

中央の小卓に、緑柱石のペンダントと白い笛とが並べてあった。

「こっちは多分、お前のだな、お世継どの？」

ヴァスカがペンダントをつまみあげ、大まじめに尋問を始めた。

「それはリーズにやったんだ。もう僕のものじゃない」

「じゃ、この笛は、これは誰のだ？」

「君が言ったろう、ロルセラウィンの笛だと。風吹館で見つけて、もらってきただけだ」

フェナフ・レッドはとっさに作り話をした。

「なぜ彼女が持ってるんだ」

ヴァスカの口調はいらだってきた。そしてフェナフ・レッドが返事につまると、癇癪《かんしゃく》を起こしたようにドンと机を叩いた。

「俺が言ってやろう。それは、彼女が…えい畜生、彼女が…」

ヴァスカは縮れ毛を振りたて、ほえかかる犬のような剣幕で、リーズに向かい、

「あんたはロルセラウィン姫の二番めの娘だ、そうだろう？　何てこった、二人めも女だったんだ！　俺たちがレープスの新しき王だと信じて捜してたのは！」

リーズは驚いて身をちぢめ、助けを求めるようにフェナフ・レッドを見た。が、ヴァスカは海竜の笛をつかむと、短刀を持つ手つきでリーズに突きつけた。

「吹いてみてくれ」

彼は言った。いつもの冷たい落ち着きはけしとんで、物につかれたような熱っぽさだ。リーズは怯《おび》えて首を振るが、ヴァスカは半ば独り言めいて、

「昔、姫が吹いていたように…あの時、海竜が浜に集まって踊ってた…はっきり覚えている。夢みてえにきれいだった」

（海竜…）

フェナフ・レッドは突然、さっきまでの切れぎれの意識の裏側の光景を思い出した。

「僕は吹ける」

唐突に彼は言った。一か八か、向こうの世界で洞窟を襲う海竜の気をそらし、こちらではヴァスカから逃れるために利用できるかもしれない。

「何だと、なぜお前が」

ヴァスカは目を三角にしてふり返った。

「吹いたことがあるんだ、廃市で。〈山の民〉と一緒にロルセラウィンとテリースが踊るのを見た」

「貴様はいったい…、姫を知っているのか」

その時、リーズがちぢこまっていた部屋の隅から、こんな声がした。

「彼こそ新しき王。海越え来たる者、天翔《あまか》ける者、海竜族の運命を握る者」

その場の三人はぎょっとしてリーズの方を見た。その声はリーズに似ていたが、まったく違う奥深い響きがあり、聞く者の耳に残る。一呼吸おいてリーズはひいっと悲鳴をあげ、ひきつった白い顔に両手を当てた。

「私、知りません。どこかから…声が」

「姫だ。姫の声だった」

ヴァスカがつぶやいた。その時、大波でも受けたのか船がぐらりと片方へかしいだ。次いで反対側に傾き、ヴァスカはたたらを踏んで夢から覚めたように身を翻し、

「どうした!?」

戸をあけて外へ怒鳴った。

「どうしたって？　こりゃ突風でさあ」

リールケの声に、バシャーンと波音が続く。ヴァスカは舌打ちしてそのまま乱暴に戸を閉め、床に落ちたペンダントを拾うと、無言でリーズに返した。それからフェナフ・レッドの方に向き直って笛を卓上に置き、

「吹きたきゃ吹いてみろ。荒れだしたから、早いとこやれ」

「いいのか？　海竜は嵐を好むというぞ」

フェナフ・レッドは縛られたままの両腕をひねるようにして笛を取りあげた——

——ドーン、…ドン。ガン、ガン、バシャーン…

「やめてくれ…生き埋めに…なる。ああ、また海竜が…」

暗い洞窟の中で、僕は相変わらず振動する岩壁にへばりついていた。

「助けてくれ、もう嫌だ。何とかして」

無駄と分かっていても、わめかずにはいられない。ドン、ドドーン、海竜のタックルは続く。洞穴の口が広がれば、中にいるレイスドゥインとカリュウスは殺される。廃市で最期を遂げたウィルム老大公のように…、だがあの時、フェナフ・レッドは助かった。主人公《ヒーロー》だから？　彼を救ったのは…

「…笛だ。あの白い笛があれば」

ふっと地響きがやんだ。そして遠くから細い糸のような音色が一筋、高くなり低くなり、かすかにふるえを帯びて聞こえてくる。僕は息をつめた。静まり返ったトンネルの闇はいっそう深く、その奥から流れだすゆったりとした節回し。忘れられた過去からまぎれこんだ一片の思い出にも似て…

貴き石よ、〈ひびき石〉
女神の胸で眠れかし
紫の人々　手に手をとって
踊り踊りて日はめぐる

「笛だ…」

僕はホーッと息を吐きだした。テリースが歌い、山の民が踊っていた旋律が、頭の中いっぱいに甦る。

踊りはめぐり　笛は鳴り

竜たちは運命の潮を泳ぐ…

だしぬけに、目の前の大きな岩に気がついた。手さぐりすると、岩の根もとに何かある。

「これは…！」

落ちていたのは電池の切れた懐中電灯だった。戻れたんだ！　もとの場所だ。クウン、と鼻を鳴らしてゴッド・ファーザーが僕の膝に頭を押しつけてくる。

「よかった…。それで…カリュウス！　レイスドゥイン！」

片腕で犬の首を抱いたまま、岩の向こうを覗いた。だが縦穴の中がぼんやり明るい。おかしいぞ、この灰色の薄明かりは何だ…

その時、細々と続いていた笛の音にザパーンと水音がかぶさって、ぷつんと途切れた。そして映りの悪い衛星中継のように、ぶれたり縞模様になったりしながら見えてきたのは、洞穴ではなく別の光景、嵐にもまれるイルノイセ号の姿だった。ひっきりなしに波をかぶる甲板。舵輪にすがりつくマロウィ、帆を下ろそうとするリールケ、手すりにつかまって海を指す男たち。

「あれを見ろ！」

と彼らの声が届いてきた。ずぶぬれの顔は恐怖にゆがんでいる。

「海竜だ！　海竜だぞ」

「狂気の竜だ、これは竜の嵐だ！　助けたまえ帆柱の神、もろもろの風神よ！」

僕はあっけにとられて見入った。ではあの海竜は、向こうの世界に行ってしまったのか？　どうりでこちらは静まっている。一方、イルノイセ号は荒波になぶられ、船室のドアが揺れに合わせて激しく開閉していた。突如、背後の中空に長い首がぬっと出た。砕ける波の間に暗く光る金属のような鱗《うろこ》、火球と見まがう目、くわっと開いた顎に並ぶ歯。

「呪イヨ！　石ノ呪イ…」

風のきしりに混じって、猛りたつ海竜の苦悶の言葉が聞こえた。

「熱イ。呪ワレタ石ガ体ヲ灼《ヤ》ク。アア、私ノ珊瑚…」

巨体がのたうち長い尾が海面を打つと、船首がはね上がり、船室からフェナフ・レッドたち四人がからみあった藻のように甲板へ叩きだされてきた。ザーッと波が来てフェナフ・レッドの手から笛を奪い去る。危ういところで船はバランスを持ち直し、怒涛《どとう》を跳びこえた。はらはらしながら見ていると、彼らはちぎれかけた帆布にしがみついた様子、まずヴァスカが立ってリーズを助け起こそうとしている。海竜は彼らを見下ろし、まばたかぬ赤と緑の目をグリッとむき出した。

「石ノ娘！　ソコニモウ一人、石ノ娘ガイル。娘ヲオ渡シ！　…私ハ浅マシイ欲ニ取リツカレテシマッタ。石ノセイダ！　アア、体ガ灼ケル」

そして苦痛に耐えかねたように首をぐっとそらし、一気に襲いかかってこようとした。

ああ…。僕は思わず目を覆いかけた。「笛があってもだめかもしれない」…少女の声が耳にこだまする。がその時、ビュッと青い光がひらめいて、竜の動きを阻んだ。

それはヴァスカ・シワロフが抜き放った長剣だった。風と波に乱れなびく彼の髪が、彗星の尾のようだ。腰を落として揺れる甲板に立ち、青く光る剣を斜めに構えている。

「…に手を出すな。狂った竜め、なぜ笛…聞かねえんだ。ロル…姫の…〈嵐石〉を呑んだ…貴様か？」

ヴァスカの早口は僕にはよく聞き取れなかったが、海竜には分かったらしい。だが竜は自分でもじっとしておれないらしく、首や尾をばらばらに振り回して叫んだ。

「違ウ。我ガ体内デ燃エルハ、海鳴リノ…アア熱イ。嵐石ノ娘ハ洞穴ノ中。ソコニイルノハ〈天の石〉ノ娘。娘ラヲ、オ渡シ！」

「洞穴だと。嵐石…お嬢さんか⁉」

ヴァスカは怒鳴った。

その瞬間、突撃してくる海竜の化け物じみた顔がわあっと近づいたと思うと、甲板をずるずると船端へ滑るフェナフ・レッドやリーズの姿が小さく見え、猛然とダッシュするヴァスカの長い脚が手前をよぎり、

——ドドドドドー…ン‼

突然、僕の目の前が爆発した。油断していたところへ、パンチをくらわす一撃。周囲をひっつかんで揺さぶり、足もとも天井も砕いてどっと崩していく。キャイン、と背後でゴッド・ファーザー。

(なぜだ…海竜は向こうの世界へ行ったんじゃ…?)

下方でレイスドゥインらしい長い悲鳴がし、ガラガラ、メリメリと世界の崩壊する音が続いた。僕は虚空へ放りだされ、目の前が黒や灰色にちらつきながら落下していった。

「呪イヨ! 石ノ呪イニ取リツカレタ…」

海竜の声がきいんと遠のいていく。そして完全な無音状態の中で、僕は冷たい海に落ちる直前、さっきの縦穴の中の画面に、無惨な岩山の光景を見た。崖が崩れ落ち、ぱっくり口をあけた洞穴。海から半身を出した、怪獣映画さながらの海竜。その鱗や両目をぎらつかせる青い光。

(ヴァスカの剣…!)

何と、屋根のなくなった洞穴の入り口にヴァスカがすっくと立っている。手にした剣の光は陰惨な辺りの闇をまばゆく照らし、洞窟の奥にカリュウスとレイスドゥインだろうか、うずくまる人影が見えた。

僕はそれだけのことを見て取ると、バシャーンと派手な音をたてて水に沈んだ。ゴボゴボゴボ、口から大量の泡が上がっていく。だが溺れかけたさっきと違い、不思議に恐怖は感じなかった。むしろ、海中に解き放たれて体がほぐれたような気分だ。水圧に圧《お》される鼓膜に、ごうごう、ピシャンパシャンと幾層にも重なる水音が、どこか深みから響いてくる。雷ほどの太い音から、りんりんと鈴に似た澄んだ音色まで。

（ああ、これだ…〈うたう潮流〉、海鳴りの歌。石の力が働いている…）

そうだ。竜の狂気の原因は、体内にある呪われた海鳴りの石なのだ。そのせいで世界の境を越えてあっちに現れたりこっちで暴れたりし、僕やヴァスカも転移したのだ。

（ヴァスカ…殺し屋の。だが、あんなふうに海竜に立ちむかって…、彼はどうなる？　そしてフェナフ・レッドやリーズはどこに…）

だが、うたう潮流が僕をしっかりと抱いていた。僕は潮に身を委《ゆだ》ね、ごうごう、りんりんという反響を聞きながら目を閉じた。

（つづく）

山口　華（やまぐち　はな）

1966年 7 月14日生
京都大学文学部英文学科卒。日本児童文芸家協会会員。
J. R. R.トールキン『終わらざりし物語』（河出書房新社）の翻訳グループに参加。
　Eメール　hanna@www-x.net

君島美知子（きみじま　みちこ）

1949年浦和市生（現さいたま市）
多摩美術大学デザイン科卒業。広告会社勤務後、フリー。
食品、家電、化粧品他の広告、パッケージ等のイラスト。
絵本、「雪女」「つるのおんがえし」「にじでなわとび」
山崎直美著「算数パズル」シリーズ他、多数。

NDC990　山口　華
東京　銀の鈴社　2004
288　19.4 cm　海鳴りの石　Ⅲ上 ―動乱の巻―

グリーンファンタジー 3
海鳴りの石　Ⅲ上 ―動乱の巻―

2004年 3 月22日初版発行
定価1400円十税

著　　者――山口　華©　君島美知子　絵

発 行 者――西野真由美・望月映子
発　　行――銀の鈴社
〒104-0061 東京都中央区銀座1-5-13-4 F
電話　03(5524)5606　FAX　03(5524)5607
Eメール　info@ginsuzu.com
URL　http://www.ginsuzu.com

印　　刷――電算印刷株式会社
製　　本――渋谷文泉閣

ISBN 4-87786-634-5　C 8397　¥1400
落丁・乱丁はお取り替え致します

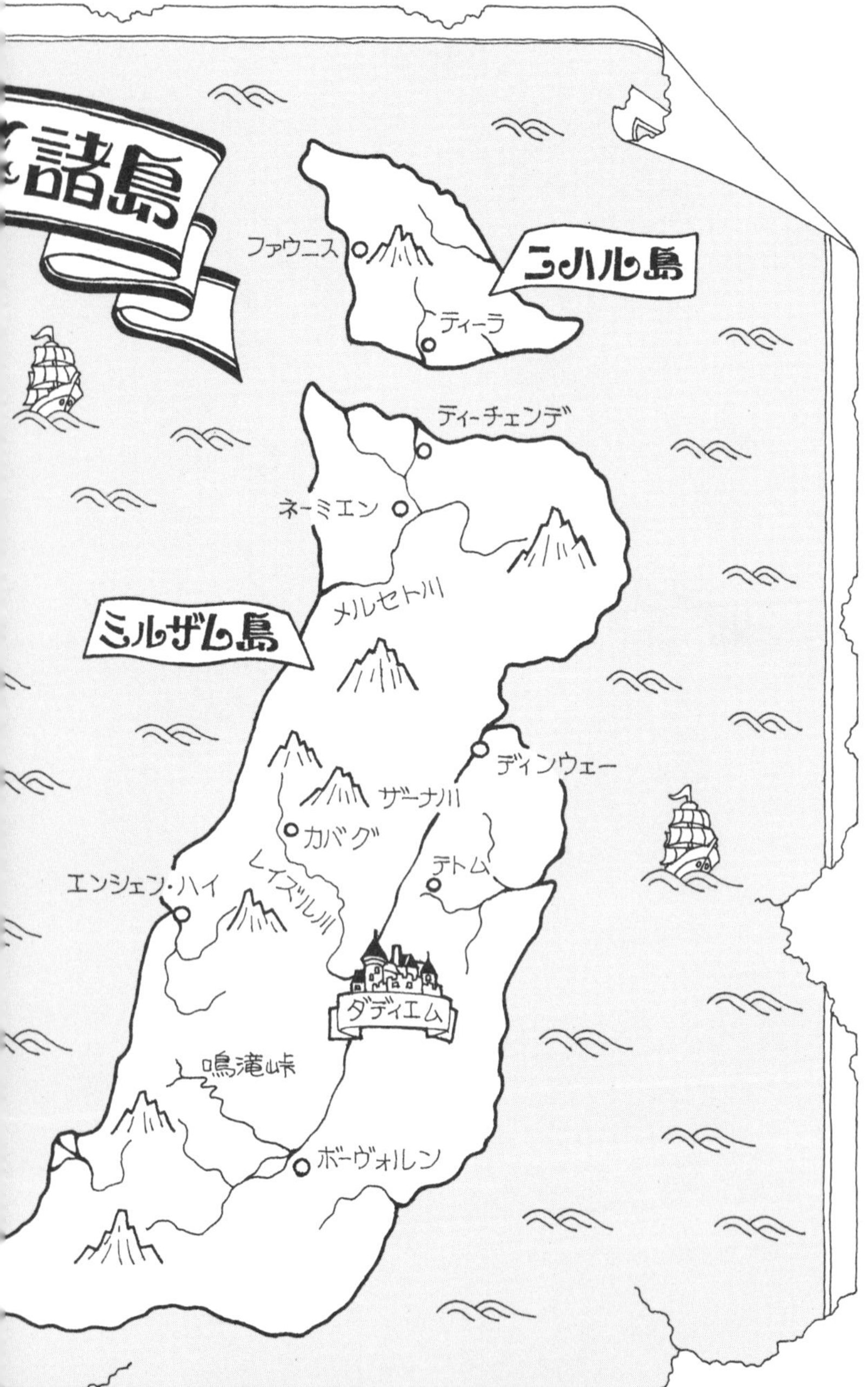
諸島
ミハル島
ファウニス
ティーラ
ティーチェンデ
ネーミエン
メルセト川
ミルザム島
ディンウェー
ザーナ川
カバグ
テトム
エンシェン・ハイ
レイズル川
ダディエム
鳴滝峠
ボーヴォルン